当我的秀发拂过你的钢枪

汤霞静　著

上海文化出版社

图书在版编目（CIP）数据

当我的秀发拂过你的钢枪/汤霞静著. —上海：上海
文化出版社，2017. 11
ISBN 978 - 7 - 5535 - 0944 - 0

Ⅰ. ①当… Ⅱ. ①汤… Ⅲ. ①长篇小说－中国－
当代 Ⅳ. ①I247. 5

中国版本图书馆 CIP 数据核字（2017）第 268891 号

发 行 人：冯　杰
出 版 人：姜逸青
责任编辑：何智明
封面设计：王　伟

书　　名：当我的秀发拂过你的钢枪
作　　者：汤霞静
出　　版：上海世纪出版集团　上海文化出版社
地　　址：上海市绍兴路 7 号　200020
发　　行：上海世纪出版股份有限公司发行中心
　　　　　上海福建中路 193 号　200001　www. ewen. co
印　　刷：江苏凤凰数码印务有限公司
开　　本：710×1000　1/16
印　　张：11
版　　次：2017 年 11 月第一版　2017 年 11 月第一次印刷
国际书号：ISBN 978 - 7 - 5535 - 0944 - 0/I・299
定　　价：30.00 元
告 读 者：如发现本书有质量问题请与印刷厂质量科联系 T：025 - 82657300

谨以此书献给
陪我一起走过青春的朋友们

May peace and love fill your heart,
beauty fill your world.

楔子

　　飞机平稳地在云层中穿行，天空碧蓝，机舱内很安静，仿佛只听到美丽的空姐如风般穿梭的声音。此时坐在飞往加拿大航班上的杨一婷头靠着舷窗，微闭双眼，双耳插着耳机正在倾听那首由军旅歌手小曾演唱的已经听了无数遍的《当你的秀发拂过我的钢枪》，每到动容处思绪总会被牵回到了昨天：

　　这是 2012 年的最后一天，明天即将迎来新年元旦，城市里大街小巷都洋溢着节日的气氛。下班后杨一婷没有直接回家，而是一个人在步行街上悠闲地逛着，她想以自己的方式度过这 2012 年的最后一个夜晚。正当她和卖冰糖葫芦的姑娘闲聊时，口袋里手机响起，一看是秦文军打来的："……"

　　赶到老秦的所在地已是晚上 8 点多了，走在雪松路上异常的安静，仿佛能听到石桥下潺潺的溪水声。草地上白雪皑皑，这里的一切与城外的热闹形成了强烈的对比。穿过枝繁叶茂的雪松路，来到空旷的营区，眼前晃然一亮，一轮明月如太阳般从身边挂出。"哇，好漂亮啊！"杨一婷孩子般心境又开始泛滥了，傻傻地问秦文军："秦哥哥（明明是自己比他大两岁，可她总喜欢这么称呼他），那不会是太阳吧，还没下山么，好大好温暖哟！""那是月亮好吧，刚刚升起来，所以看起来就在身边。"秦文军见怪不怪地拉着杨一婷照旧往连队走去，而此时的杨一婷仍旧沉醉在美景中：满天的繁星，一轮圆圆的明月，两个相爱的年轻人，一段匪夷所思的对话和身边整洁又肃穆的军营……

上篇

1

在最美好的年华，成为你自己。

——玛丽莲·梦露

去夏树工作室交完手稿已是下午三四点钟了，外面的风有点大，夹杂着小雪，羸弱的太阳似乎还在努力地照射着这深冬的大地。

杨一婷裹着老妈刚从北京寄过来的那条大红色的针织围脖，沿着老教育西路往枫叶咖啡馆的小道走去。她个人很喜欢这个小店，面积不大却很干净，可能是远离市中心的缘故，店门前显得有些寂静，店内的气氛格外的安静、祥和。老板是一位 50 开外的男子，小店是他远在澳大利亚读书的儿子在去年假期回来时开的，儿子回澳大利亚后，他就雇人帮着打理。进了店门后，杨一婷习惯性地找了个靠内窗的位子坐下，在幽幽的灯光下，她点了份巧克力熔岩蛋糕和一杯鸳鸯奶茶……

与同龄的大多数女孩子相比，杨一婷在学业上可能一直都是家里的乖乖女，而在工作的选择上她却显示出了自己的性格，没有再听爸妈的意见，参加了一次国考之后，就没有参加任何考试和单位的招聘。她想按照自己的想法过活，也想让自己的人生过得更丰满些，于是在很多次的交涉之后，杨一婷拉着行李箱离开了她喜欢的四方城——北京，回到了小时候和爷爷奶奶生活过的江南小城，开了一家服饰店。远离了大都市青年人之间应有的竞争，杨一婷想安静地、努力地让自己的梦想之花开得更纯正一些。她在日记中写道："我一直不知道这是该解释成一种清高还是想保留一种不识人间烟火的美丽与孤独……"

而正当杨一婷喝着奶茶无聊地环顾四周的时候，小店的门被人推动了一下，随即门外闪进来一个男子的身影，进门时还不忘拍打着洒落在身上的雪花。"哦，是一名军人。"杨一婷心里嘀咕道。

杨一婷依旧翻看着眼前的《瑞丽》杂志，时不时喝着奶茶，当她再次抬起头时，这名男子已端坐在自己斜对面的沙发座里，手里捧了杯姜汁可乐，估计是用来驱寒的，可能是感冒了，他穿得那么单薄。此时的杨一婷开始细细打量起眼前的这位"一身绿"来：个很高，约摸有178厘米，长得挺帅。

杨一婷长这么大还从没有见到过男孩的睫毛长这么长的，有点卷，有点翘，很是漂亮。"一身绿"似乎觉察到有人在看自己，顺应着杨一婷的这个方位望过来。他看上去是那么的腼腆，脸上随即泛起了红晕，只见他很快喝完杯中的热饮后，起身就往吧台走去。杨一婷没来由的随口喊住了他："喂，同志，你的结账单没拿……"

他下意识地回望了一下桌面，取了结账单便往吧台走去……

天已有暮色，远处的大路上华灯初上，杨一婷也起身准备回家，走出店门，天空中的雪花依旧在肆意地飘着。杨一婷看见不远处，"一身绿"仍坐在车里的驾驶室里，好像是在把玩手机。当她走到路口准备打的时，他却开车跟了过来，并诚恳地说："你去哪里，我送你吧?"杨一婷感到有些意外，但她看到"一身绿"那卷卷的、迷人的长眼睫毛时，便爽快地答应了："好啊。"于是，杨一婷跨上了挂有军牌的越野车向城里的方向驰去……一路上只要杨一婷不开口，他基本上是不说话的，可能是自身职业的缘由，他说话、做事都十分严谨。

很快，他便把她送到了小店门口，下车前她很主动地向他要了手机号码，他虽说很腼腆，但从他的眼神中可以看出，他对她是有好感的。

忙完店里的事，回到家，爷爷奶奶早已把馄饨包好了，就等着杨一婷回来下锅了。闻着那一碗碗香喷喷的小馄饨，她顿感一天的疲惫早已烟消云散了。

杨一婷的小店开在市中心的小巷里，面积虽不大也有 30 多平方米，因是自家的门面房，所以没什么大的经济压力。每天她总是早早起床，打理店面，出货，向着自己心中的目标出发，忙得不亦乐乎。

尽管在北京的那头是妈妈的担忧和唠叨，而在江南小城的这头，杨一婷的心里却像开了花的火树一样兴奋，她就是要放声歌唱……放声歌唱……

　　这天，杨一婷正忙着把原来店里盘下来的物品重新整理摆摊，门外的喇叭声就已响个不停。随声望去，朱小小的那辆红色小POLO又停在了杨一婷的小店门口，只见她踩着双红色高跟鞋风风火火的跑了进来，很是诡秘地说："一婷，你今晚有空没有啊？我有事要找你商量呢！"

　　杨一婷笑着说："啥事啊，这么神神秘秘的？"

　　"给你介绍个人认识呗？"

　　"呵呵，是给我做介绍么？"杨一婷红着脸……

　　"那是，你都26了，还不急这事啊，我还比你小两岁呢？老妈都催得不行了，你以为这里是北京啊，就算在北京26岁也该有男朋友了吧。"

　　"呵呵，好啊，那就给我介绍一个呗。"杨一婷知道自己是说不过她的。

　　"汲水三千，只取一瓢，只取一瓢哦……"朱小小说完就兴冲冲地踩着那双"恨天高"扭着走了。

　　朱小小是杨一婷小时候的玩伴，私底下的性格风风火火，咋咋呼呼的。她们的关系一直很铁，即便杨一婷后来转学去了北京，她俩也一直保持着很好的关系。能有一个从小一直玩到大的小伙伴，也是人生中的一种幸福。

　　晚上的约会时间定在6点钟，在新岛咖啡一楼。奶奶知道晚上杨一婷要去相亲（当然这肯定是朱小小说的啦），出门前千叮咛万嘱咐："相亲前要吃点东西，不要饿着肚皮去相亲，有人在的时候要保持女孩子的矜持，少吃多听，脸上要始终保持笑容。"想着奶奶说的这些话，在下午四点多的时候杨一婷就开始打点她的肚子，先从朱师傅的包子铺里买了两个豆沙包，再沿着西角街在 85 度 C 里买来自己最爱喝的"一颗柠檬茶"。杨一婷的人生理念就是：吃就要吃自己最想吃的东西⋯⋯

下午 5 点 30 分，朱小小的那辆带有眼睫毛的红色小 POLO 就准时停在了杨一婷的小店门口了，接着又是盘发、又是拍粉底、打腮红、选配饰，一路忙活。晚上六点朱小小把杨一婷送到位于西花园旁边的新岛咖啡屋，而那个叫某某某的早已在大厅 2 号雅座等候了⋯⋯

其实从内心讲，杨一婷只是想来应付应付的。她知道这个某某某是小小她妈妈的朋友介绍的，介绍给小小吧，又嫌大了点，不是很合拍，索性介绍给杨一婷，又做了好事又不得罪人。然而朱小小的妈妈还不知道，小小此时早已有了心仪的对象。而杨一婷这次来也是为了朋友两肋插刀⋯⋯

推进新岛咖啡屋，内景布置比较欧范，幽幽的音乐声中，仿佛走到哪里空气中都弥漫着茉莉花的清香。那个某某某已在那恭候多时了，从桌上剥的坚果壳就可以看出来。

这个某某某真名叫刘畅，市盐业公司的职员，29 岁的男士从穿着上看比较成熟。他见到杨一婷，就很热情地招待一婷坐下，还关切地问她想喝些什么。杨一婷不知道什么样的茶好喝，当她看到菜单里有薰衣草茶，顿时眼前一亮，仿佛成片的紫色花海就呈现在眼前，于是她点了壶薰衣草茶，想品品它是什么样的味道。

此时的刘畅开始了自我介绍，毕竟在社会上工作了几年，说话已是很自信和老道。他开门见山就说了对杨一婷的欣赏。杨一婷对于这个坐在自己对面长得有点平的刘畅根本就没有什么感觉，她只是很期待品一下薰衣草茶的味道，可能她自己压根也没想到她对薰衣草茶过敏，喝完一小杯后，就感觉人有点困，喝了三杯，感觉眼皮越来越重了，而此时的刘畅还滔滔不绝地侃大山。杨一婷再已坚持不住了，打断了刘畅："不好意思，我突然觉得好困，我先趴在桌上小睡一下。"话刚说完，整个脸就"埋"了下去。

晚上回到家已是九点多了，书房的灯还亮着，爷爷还在书房读书看报，奶奶此时一个人在房间里，杨一婷轻轻推开房门："奶奶！"听到杨一婷亲昵的叫声，老人家钉着锁扣的手顿时停了下来，满脸慈祥地望着她："一婷，回来啦，今晚见的那个人感觉怎么样啊？有没有啥收获啊？"

"我也说不上来，只感觉人还不错吧。"正说着，包里就传来了"北京欢迎你"的手机铃声，一看就知道是朱小小打来的："一婷，到家了吧，今天感觉如何啊？"

杨一婷笑了笑，掩着话筒向奶奶示意了一下，便跑回了自己的房间："呵呵，你还问我哪，我可是为了掩护你而去相亲的。"

隔着话筒传来一阵阵爽朗的笑声："我心存感激啦，我也知道那位刘畅也不是你的菜啦，哦，谁叫我们的杨大小姐是外貌协会的成员呢？"

"呵呵，"杨一婷会心一笑："好了，不和你贫嘴了，我要睡了。"

"好的，亲，晚安！"

"晚安！"

杨一婷合上手机。忙了一晚上了，也累了，本想泡个花瓣澡早点睡去，突然想到为夏树工作室写的文章还没有头绪呢，只得又从床上爬起来，泡了杯柠檬水，又开始坐在电脑旁码字了。房间里静悄悄的，只听见粉色蕾丝落地窗帘旁的卡通猫头鹰摆钟有节奏的拍打声，窗台边的香水百合静静地吐纳幽幽的芬芳，这株香水百合是远在北京的林鹏特意在网上花店为她订购的。

此时的杨一婷穿着睡袍，墨色的长发披散在肩上，为了缓解眼睛的压力，早已摘去了白天戴的美瞳，而换上了宽边框眼镜。

杨一婷正在码着字，突然电脑屏幕抖动了一下，天一客的头像正在频繁地跳动。"原来是他！"杨一婷的内心不禁掠过一阵惊喜。自从上次分别之后，就没有邹兵的消息，没想到这么晚了他还在线上。

"还没睡啊"，天一客写道。

"是啊，还没呢，好久不见。"对方发了一个害羞的笑脸："好久不见，在干嘛呢？"

"我在爬格子哪，呵呵。"

　　"原来婷姐还这么有才啊。"随后邹兵又在网上发过来一杯冒了热气的咖啡。

　　听到对方叫自己婷姐，杨一婷顿觉得好亲切："怎么这么晚还在线上哪？"

　　"我休假在家，过两天要回部队了，睡不着。"

　　"额，你在家啊？"

　　"是啊，在湖南老家。"

　　"哦，那有时间走这里走不？"杨一婷问道。

　　这时邹兵又发过来一个害羞的 QQ 笑脸："好的，婷姐邀请我去的话，我是很乐意去看看婷姐的。"

　　"嗯，好的。"随即，杨小婷用手机记下了邹兵的号码。"那我要睡了。"杨一婷很快回了过去。

　　"好的，晚安！"

　　"晚安！"看着对方隐了 QQ 头像，杨一婷合上手提电脑，拖着略带疲惫的身体很快进入了梦乡。

3

三月的江南气温依旧乍暖还寒，对于多年生活在北方的杨一婷来说，南方的湿冷着实让她有点适应不过来。老妈过年前特地带来的取暖器成了杨一婷在店里离不开的宝贝。杨一婷计划着等赚了钱入夏了为自己的小店安装一台空调。

上次从别人的店里盘下来的东西，因为原来卖家售价比较高所以滞销，作为新主人，杨一婷希望能迎来更多的顾客，于是以略高于盘价的价位售出，来吸引更多的人气。小店里饰品和佩戴的颜色都比较鲜艳和明亮，杨一婷估计等天气转暖了也许生意会好些。

作为父母，杨一婷的妈妈心里虽然很不放心，但孩子毕竟长大了，也该让她在外面好好地成长了，既然是成年人了，就要为自己所选择的人生道路负责。

这天是星期五，晚上6点要去韦博试听英语，杨一婷下午提前打烊。正当她锁店门的时候，邹兵发来了信息："婷姐，不好意思，队里有事，领导命令我提前两天归队。现在已经在火车上了。"

杨一婷心里满是失落，她突然觉得作为军人有很多的无奈："好吧，那以后有机会再见吧。"

"好的，谢谢婷姐的理解。"说完，邹兵如释重负般放下了电话。

时间就这样悄然地慢慢划过，对于这样的生活，杨一婷的日子过得充实而平和……

4月18日，星期五，是杨一婷26周岁的生日。奶奶一早就在爱心坊预订了一婷最爱吃的鲜果粒花式巧克力蛋糕，下午叫人直接送到了店铺，因为晚上剧院有戏看，爷爷奶奶就不陪杨一婷过生日了。按照原订计划，杨一婷和朱小小买了小食、熟菜，在店里庆生。当然杨一婷还并不知道今天会有一位神秘来宾。

粉色的嘟嘟猪闹钟早已敲过了6点，店门前还未见到朱小小那辆带有睫毛的红色POLO，信息发了也没回音，正当杨一婷想打电话询问朱小小时，老远就听见急促的喇叭声："一婷，杨一婷，我们来啦……"朱小小正摇下车窗往店里喊："等急了吧……"

"没有啊，小小，到了就好，你慢点吧。"杨一婷边说边走出店门去迎她。然而此时出乎她意料的是站在她面前的不是朱小小，而是捧了一大束香水百合的林鹏，杨一婷顿时激动不已，她没想到林鹏此刻会出现在自己的面前，这位爸妈挚友的儿子，虽然只比自己早出生几个月，却一直以来都以大哥哥的形象维护着自己，现在在读研的他又特意从北京赶过来给她过生日，这份意外的惊喜让她感动得不能自已……

"一婷，生日快乐！"林鹏满脸笑意，把花亲手送给杨一婷。

"谢谢！"杨一婷大方地接过香水百合："好香啊！"接着问："你怎么赶过来了，不要上课了吗？"

"下午没课，我就请了假，坐中午12点多的动车过来了。是小小去接的我。"

这时，朱小小走过来："Happy Birthday！"

"哼，"杨一婷嗔怪道："本事了吧，你俩合起伙来欺负我！"

"呵呵，就是要给你制造惊喜嘛！"小小摆弄着果盘，诡秘地笑道。

林鹏特意从北京稻花村买来了杨一婷喜欢吃的沙琪玛。

荧荧烛光下，年轻的、放飞的、青春肆意的、美好的梦想？歌声？抑或是笑容？种种的种种都交融在这温馨的场景中……

总之，生日过得很开心。杨一婷心里充斥着满满的幸福。

在店里过完生日后，他们一起搭乘朱小小的车去看望杨一婷的爷爷奶奶。好久没有见到过老人家了，坐在车里的林鹏还有些激动和紧张：不知他们是否还记得自己。

推开家门，林鹏看见在客厅里忙着铺茶具的爷爷，便上前亲切地喊道："爷爷，你好啊，我是林鹏。"

爷爷看着这么多年没见的林鹏，乐呵呵的，额头的皱纹都泛起了光泽："都长这么高了，越长越有型了，潇洒有风度，来，来，来，来"边说边往里屋走，"时间过得真快啊！我们也老啰——"

"是啊，记得那年暑假过来玩时还是个初中生，一晃，都长这么大了！"奶奶这时也从厨房出来，走到他们中间。

大伙围着茶桌一一坐下，欢声笑语。客厅里兰花吐纳，果香扑鼻。

茶桌上的电水壶"哺——哺——哺——"地冒着热气，淡淡的茶香从泡有高山乌龙茶的紫砂壶里慢慢溢出。

挂在墙壁上的大摆钟似乎是在涓细的时间长河里不知不觉地敲响了 12 下。林鹏看了看表，时间确是不早了，便起身告辞。为了不麻烦大家，他执意要自己打车回宾馆。林鹏预订的锦江宾馆就在人民中路上，打车也只要 10 分钟的时间，杨小婷和朱小小也就不再坚持；而朱小小自然就留下来和杨一婷同睡了。就如同儿时杨一婷没转学去北京前的光景一样。

也正是因为林鹏的到来，周末杨一婷歇业两天，与朱小小陪着林鹏游览了位于最北端的国家森林公园、东湖湿地和游园，让林鹏好好地感受了一番粉墙黛瓦、稻田阡陌、白鹭四起的江南水乡的美景和风情。每当玩到尽性时，杨一婷总会情不自禁地释放一下她那浪漫的性情，而此时，一旁的林鹏总会脉脉含情地注视着她。

很快，转眼间就到了星期天的下午，林鹏带着愉悦的、略带不舍的心情，乘坐四点多的动车回了北京。

送完林鹏，在回来的路上，朱小小禁不住打趣杨一婷："一婷，你还在寻觅啥，有这么好的男士在身旁，还不好好把握。"

杨一婷有些不好意思："哎呀，你知道啥呀，人家又没说过什么。"

"哟，你可别说这样的话啊，是谁从小到大都那么护着你？你来这里了，他为了给你过生日，还风尘仆仆地特意赶过来。"朱小小为林鹏打抱不平，急着辩护。

"你又不知道我要找啥样的。"杨一婷喃喃自语嘀咕道。

"知道啊。"朱小小立马反驳："年轻有为的 CEO，……"杨一婷吃惊地望着朱小小，朱小小得意得笑起来："还是小 CEO，小 CEO，以后有望发展壮大成为大 CEO 的那种绩优潜力股；还要是个绅士。"

杨一婷顿时无语，脸颊涨得绯红："好啦，朱小小小姐，安心开你的车吧，感情的事我自己心里有数的。"

朱小小舔了一下小舌尖，便不再多说什么了。

此刻，华灯初上，城里霓虹闪烁，那辆带有眼睫毛的红色 POLO 正往城区的方向驶去，后视镜里留下的是高架桥下宽宽的斑马线和马路两边修饰一新的绿树和花圃。

其实话说回来，杨一婷择偶的标准确是不低，她自身条件不差，165 厘米的身高，身材匀称，一袭乌黑的长发，柔亮顺直，笑起来很甜。记得在大学期间假期去幼儿园做义工时，小朋友们都直呼她为"甜心姐姐"。

杨一婷在学校里虽不是什么校花，但那独特的气质，也被同学们誉为"第二眼美女"。而朱小小则不同，她是种把她丢到人堆里就能自然熟的人物。既不是第一眼美女，也不属于第二眼美女，162 厘米的个子，身材虽不错，却没有杨一婷那般性感；端正的五官，有点古代女子的气息，还是比较耐看的。虽说是这样的一个女子，异性缘却是极好的。

朱小小是有男朋友的。她现在的男友，也就是她一直自诩的结婚对象——程成，就是小小读本时的同学，还在南京读研究生，打了一手好篮球，又因为特喜欢画自画像，人称"小樱木花道"。当然他对《灌篮高手》的喜欢更是不言而喻的，可以说《灌篮高手》"记录"了他们这代人的年少时光。

四月一过，进入五月的江南天气渐渐转热，杨一婷店里盘下来的货物已所剩无几了，她盘点完最后几个发卡和彩色头箍后，心情很是激动，期待着她人生第一次去外地进货的经历：杭州的四季青，上海的七浦路，都是可选之地。因为隔壁服装店的贡青过两天要去上海七浦路进货，所以杨一婷决定下星期与贡青一起到上海七浦路去看看。

"嘀——嘀——嘀——"门外好像有人按喇叭，杨一婷正欲起身往外走去，这时挂在门上的"小熊"就开始说话了："欢迎光临，欢迎光临……"

"邹兵……"杨一婷喜出望外，不禁脱口而出。

"婷姐"……邹兵穿一身挺刮的绿色军装，笔直地站在那里。

"真没想到你会来！"杨一婷掩饰不住内心的喜悦，忙着泡茶。

"婷姐，别客气，我待一会儿就要回去了，领导还在诊室等着我。"

"在诊室等着你，这是什么个情况？"杨一婷纳闷地问道。

"我这次是陪领导送他母亲来看腰椎的，听说你们这里有个老中医的推拿术不错。所以这次领导好不容易抽空带他的老母亲来看的。"

"哦，原来是这样啊，难怪今天会再次见到你呢。"杨一婷俏皮的笑道。

此时有两三个姑娘进来选饰品，杨一婷上前招呼生意，邹兵则自己随意的拿了本杂志在翻阅。

　　送走客人后，两人又聊了一会儿，约摸又过了半个时辰，邹兵就被领导的电话催着回去了。

　　临走前，邹兵还特意关照一婷不要忘了联系。

　　杨一婷自是会心地微笑⋯⋯

　　小城的初夏云淡风清，散发着籽籽花的清香，这样的日子很迎合杨一婷的性情。

　　2008年5月12日本是个很普通的日子，那天江南小城的天气也不错，下午店里没啥生意，杨一婷就去隔壁贡青开的服装店转转，顺便让贡青帮自己修个眉毛。傍晚时分，贡青还在一婷店里叫了外卖，两人交谈着哪家酸辣粉好吃哪部韩剧更火的时候，无意中坊间就有人说四川那里发生地震了，当时的杨一婷和贡青似乎还没有意识到什么，只觉得一阵后怕。直到第二天，看到新闻媒体铺天盖地的播报和现场拍摄，杨一婷她们才开始真正意识到一种恐惧和悲悯。

　　可能70后的人对于曾经的唐山大地震还有一些琐碎的记忆，而对于后来的80、90后出生的孩子们来说，对那段历史只能从电影片段或长辈的叙述中得知，是相当模糊的，而2008年5月12日14点28分在汶川发生的里氏8.0的地震却让这些80后的年轻人真正感受到了一种震撼。

　　2008年5月的汶川，牵动了数以万计中华儿女的心。随着搜救工作的不断展开，有更多的志愿者开始往汶川那边涌去，而那些日子里，杨一婷可以说是捧着薯片看着新闻度日子的，几乎每天都要对着电视淌眼泪——和很多中国人一样怀揣着一颗激动、难耐和无法平静的心。

　　而当时生活在江南一隅的杨一婷还并不知道，原本计划五月下旬去藏区的邹兵所在部队在汶川发生地震后随即接到命令，于5月13日凌晨就出发了。部队以排山倒海之势，在跨越五省一市，经过 2800 公里的长途机动后到达成都。官兵们尽管疲惫不堪，但一下成都火车站，就兵分三路，火速向都江堰、汶川、北川三个重灾区进发，迅速投入抗震救灾战斗中。为了更快更好地完成任务，部队规定，每名官兵只能带 2 瓶纯净水、2 袋压缩饼干、2 个鸡蛋。

而当杨一婷知道这一切的时候，已是在抢险一个星期之后局势得到控制之后了，是邹兵有空找机会告诉杨一婷的，并向她讲述那里发生的一些感人的故事：

"在汶川救灾现场，每天晚饭后，部队官兵宿营地的一个帐篷里，聚集着参战的官兵。首长指示每人用一分钟给家里报个平安，然后继续投入抗震救灾的工作中。队里有个战士的家也在灾区附近，为了不让孩子担心，家里的老妈给队里寄来了一封信——《致前线官兵的一封信》。每到休息时间，政委都会给战士们读这封信，每每这时，总有人会眼圈泛红，眼角溢泪。"在当时的那种环境之下，对于 80 甚至 90 后的孩子们来说，他们面对不光光是生与死，还担负着承载着他人生命的重任！

　　同样是 5 月，某天的下午，杨一婷在店里给顾客推荐衣服时接到在北京一个同学的电话："杨一婷，我通过朋友的帮忙，准备这两天跟随红十字会赶赴汶川，人数有限，你参不参加？"听到这个消息，杨一婷内心激动不已，立马就给了答复。

　　她心不在焉地送完这批客人后，立马把挂在店门前"欢迎光临"的牌子反了个面。她清了清喉咙，立即给在北京的老妈打电话：

　　"妈，我有个事想和你说一下。"

　　"有事就想到老妈了，啥事啊，说吧！"

　　"我想……想跟红十字会去汶川。"杨一婷做好了心理准备，小心翼翼地说。

　　"能去感受一下生命的重量，尽自己的微薄之力有助于人是不错的举动。想去就去吧。自己注意安全就好。"

　　杨一婷没想到妈妈在这件事上是如此的开明，对着电话喊道："老杜谢谢，我爱你！"随即挂掉电话，就去订回北京的动车票。

　　要不是调不到假，朱小小也是要跟着去的。为了送杨一婷，晚上小小帮着她打理衣物和随身用品，忙活了一段后，杨一婷拉开冰箱门从里面拿出了两瓶日加满，两人对饮起来。杨一婷则是一脸的兴奋，她压根没想到那里的危险和困难，满脑子充斥着的只有年轻人的热血和激情，而朱小小则坐在地板上仰天长叹：抱怨领导不肯调假，缺乏人情味……

客厅里猫头鹰大摆钟已敲响了十一点，两人刚想睡下，杨一婷的手机又响了："一婷"，是步雨打来的："不好意思，我们也刚收到通知，时间提前了，明天早上8点就出发了。"

"啊，怎么会这样。"杨一婷很是失望，随后声音一沉："好的，没关系的，那你们到那里注意安全。"放下电话后，杨一婷郁闷得说不出话来，朱小小心里却是窃喜不已。

虽然去不了汶川，不过杨一婷通过邹兵总能在第一时间了解到那里的一些情况："婷姐，我们这里刚发生了一次余震，余震比较明显。"当国家主席亲临汶川救灾现场时，杨一婷关切地问："有没有看到主席?""差点就看到了，我有战友见到主席了。"那声音既兴奋又激动，全然不顾一天忙碌的疲惫和辛劳。

8

邹兵所在部队在汶川待了二十多天，抗震救灾工作结束后，接到上级命令便顺道去了藏区。直到多年后，当邹兵退伍了，杨一婷才在邹兵的 QQ 空间里看到了当年的一张照片：那是当年他们中的一支小分队在结束完救灾工作后，站在某地废墟上的合影：其中的一人扛着大旗，其余很多人戴着口罩，手里拿着铁锹和劳动手套。在灰蒙的天空下，鲜红的大旗在风中更显得更加鲜艳。合照的标题为：曾经战斗过的地方永不忘记！（标注：这是一种关于青春的记忆！）

抿着咖啡的杨一婷静静地坐在电脑前看着这张照片，内心的澎湃和激动仿佛在血液里开始流动。她只有尽自己的可能用手中的笔把这些情感和故事都写下来，不为别的，只为记录他们这代人渐渐逝去却又永远无法忘怀的那份记忆和感动！

　　转入六月，杨一婷自家门面的小店终于整理完毕了，个体工商户营业执照也办理得很顺利。经过思考和商量，杨一婷拿出学生时期攒下来的私房钱，在贡青的建议下，开始了新一轮的装修。杨一婷下定决心要好好经营这家店。尽管说，30平方米的小店装修也花不了多少钱，但看着一婷每日早出晚归地忙乎着，爷爷奶奶也觉得很是辛苦。

　　江南的天气在快下雨前总是显得异常的闷热。这天，忙完装修的事宜后，杨一婷就买了两只西瓜回家。刚到家，就被奶奶叫回了房间："婷婷，累不累啊，不管你做什么样的决定，爷爷奶奶都会支持你，人生嘛，多点阅历挺好。"

　　"嗯嗯，奶奶说的正是！"杨一婷连连点头。

　　"创业总是需要资金的，"这时奶奶拿出早已准备好的2万元钱硬塞给杨一婷。

　　杨一婷感到很突然，不知道说什么好："奶奶，这就算我借你的，以后有了再还给您！"

　　"还啥还，这就是爷爷奶奶给你的，也是我们老两口对你勇于创业的一种支持。"

　　"哎哟，奶奶，忒感动了！"此时，杨一婷早已张开双臂环抱住奶奶，在奶奶的怀里撒起娇来。

　　就这样，小店的装修如火如荼地进行着……杨一婷也开始买些有关服饰和色彩的时尚书籍来看。小店装修的时候，她也会经常去贡青的店里看她如何整衣服和熨衣服。

因为小店的面积不大，装修的样式也不复杂，二十多天的时间，小店就已焕然一新了。

接下来几个年轻人又着手忙着开张的事宜。

周末，朱小小开着她那辆红色的小 POLO，载着杨一婷去小城市的花鸟市场买绿色植物。

一进花鸟市场，绿意盈盈，鸟语花香，过来买花木的人倒是不少，稍许有些拥挤。小小听老妈说，绿萝、吊兰、仙人球都有净化空气的作用，便和杨一婷两人从花鸟市场的这头走到那头，兜转了好几个店铺，讨价还价地买了十几盆绿色植物。

　　小店装修告一段落后，杨一婷就跟着贡青去上海七浦路探探路，首次体验了一把进货的感受。

　　贡青对杨一婷说过："人总不能老把自己给端着，生活该咋样就咋样，不是总有那么多的人是高级白领，能出入高档写字楼，更多的还是生活在地面上：柴米油盐，锅碗瓢盆。"

　　杨一婷原本以为以自己的眼光和个性开个服装店是比较简单的事情，在七浦路贡青看中的衣服，杨一婷一件也没看中，不是式样太潮，就是觉得价位太高，贡青有时只能暗自生笑，看着初来乍到的杨一婷，"愣头青"一个，进货时砍起价来也不痛不痒的。她进货就好比淘衣服，尽捡价位不高的，一购就是七八十来件，有七种颜色的绝不会进6种，她相信"薄利多销"的经营理念。

　　平日看贡青总把自己打扮得漂漂亮亮的，但到进货的时候，她倒毫不讲究，一身深蓝色的大嘴猴休闲服，一双平底鞋，素颜不施一点粉黛，在七浦路服装城拥挤的人流中，领着杨一婷从这家店铺串到那家店铺，麻辣干练。

　　而杨一婷也一改往常的淑女形象，盘起长发，挽起袖口，提着黑色大塑料袋，推着个推车在鳞次栉比的店铺中游走。饿了，外面吃点路边摊，累了就依偎在栏架前喝点饮料和水。她们进货的行程很匆忙，因为拉货的师傅下午定点就要回去的。整个进货的过程真心很累。

　　坐在回去的车上，杨一婷露出满意的笑容，有种如释重负的感觉。贡青笑了笑，很是淡然："妹子，这就是谋生，出来打拼着实不易。生活其实很简单，吃饱，穿暖，有钱赚。像你条件那么好，找到优质男人就嫁了吧。女人其实没必要那么逞强。"

杨一婷咬了一下嘴唇，很认真地听着：她能跟她说什么呢，因为梦想，我在体验生活？我想拥有一个值得回味的青春岁月！说这些她是全然听不懂的。她会不会也像一些世人一样说自己幼稚呢？还是什么都不说吧，就这样带着善意的笑容沉默着似乎比说什么都好。这个和自己同龄的姑娘，是如此的成熟，精于社会却又很自知，杨一婷觉得自己要学的真是太多了。

　　小店重新开张那天，杨一婷摒弃了许多世人的做法，没有花篮，没放鞭炮，只是在店门外扎了几只彩色的轻气球，店铺里摆放了几束鲜花，小店取名为"闺蜜小店"。

　　小店开张头一天就迎来了好几批客人，都是年轻的姑娘，尽管是进来看的多，真正买的人少，但也帮"闺蜜小店"增添了不少人气。

　　慢慢地，小店里的衣服也能卖出几件，可是时间一长小店就开始冷清了，只有看的人没有买的人，原本进价就便宜的衣服卖出时还要被还掉几个铜板，这样来来去去，不到三个月，店里就堆积了很多廉价的衣物。杨一婷顿时傻了眼，薄利多销的理念似乎并不行得通。隔壁贡青的店里秋衣秋裤都有上市了，她这里积压的货却卖不出去。杨一婷后来急了，她和小小也顾不得淑女不淑女，形象不形象了，每到下班时间，朱小小就从单位跑到杨一婷的小店里，对着喇叭大声喊叫："减价清仓，50元起，买一送一。"到最后实在卖不掉的，就给朱小小打包送给她一些朋友和同事。

　　周末，朱小小又来店里帮忙，这些日子在网上学做了贵妃凉皮，找到机会赶紧要在杨一婷面前摆摆刀工了。忙活间，有人进店里来选衣服，俨然是一对母女，还未等杨一婷招呼，其中一个年轻女子就喊道："朱小小……"小小很是惊讶，回头一望，原来是初中同学："吕舟！"

　　吕舟穿着淡粉色长裙，小肚在若隐若现中突起。朱小小忙过来介绍："一婷，这是我的初中同学吕舟，初为人妇。"

"吕舟，这就是我的闺蜜杨一婷。"杨一婷上前一步，大方地说："你好！"

"你好，你就是杨一婷啊，"吕艳吃惊道："常听小小提起你，你不是在北京的吗？怎么会在这里呢？"

还未等杨一婷开口，朱小小就上前解释："她大学毕业后回来创业的，为以后出国读书作准备。"

吕舟听完半信半疑的："哦"了一声。在一旁貌似选衣服的吕舟妈妈，一直在听她们的谈话，并时不时地打量着杨一婷。

寒暄一番之后，母女俩才走出店门。朱小小她们继续为贵妃凉皮忙活着，隔着窗户能很清晰地听到母女俩的对话：

"优秀，优秀还会跑到这里来开店？"品舟的妈妈很不屑地说。

"不是说她还要出国的吗？"

"出国，出国又怎样呢，是留在国外呢？还是学两年再回来？回来后不是还要找工作的……"

"这谁知道呢？"

"在我看来，女人啊，没必要瞎折腾，忙来忙去最终还是要嫁得好。"此时，她笑容可掬地看着自己的女儿："还是我们家舟舟好，一个大专生找了个博士生，虽说是外地人，但也是引进人才啊，30 刚出头，就享受副局待遇了。结婚没几月就怀上了，我这心里是越看越欢喜啊。"吕舟此时也是一脸的幸福。母女俩不禁"嗝、嗝、嗝"地笑出声来。渐渐地，那声音也越飘越远……

这边，听着这些话的杨一婷脸上火辣辣的，不好意思地望着身旁的朱小小。朱小小停下切凉皮的手喊道："一婷，干嘛那，你可是杨一婷哎，怎么这样就不好意思了，不相干人等说的话有必要去理会吗，为了我们，你也要走得远一点哦！"

杨一婷的眼圈有点潮湿，看到朱小小这么一本正经的样子，呵呵呵地笑起来："嗯，今天我一定要好好吃一下你的凉皮，要化生气为食欲！"

"我还求之不得呢！"闺蜜小店又充满了欢声和笑语。

创业的道路还真不是轻而易举就能成功的。开业三个月下来，原本满怀兴奋的创业激情被浇了个透心凉。开店原没有想象的那么简单，进货的过程也很是辛苦。杨一婷一脸的沮丧，安静地坐在枫叶咖啡屋里喝下午茶。她需要找个僻静的角落沉淀一下自己的思想和情感。

枫叶咖啡屋的书袋里插满了各式杂志，杨一婷顺手翻开了一本叫《丰影》的杂志，这是夏树工作室发行的。尽管这三个月里杨一婷依然帮夏树工作室写文章，但文章的质量在杨一婷看来明显是比不上从前了，什么《紫罗兰的爱情》、《阳台上的花开》，都是一些"少年不知愁滋味"的短篇爱情小说，喝着咖啡看着自己写的文章，杨一婷也不禁笑出声来。尽管知道《丰影》杂志只是因为版面有空缺让她的文章来填个缺，没有一分钱的稿费，但杨一婷心里也是非常感激的。起码在这里有她的文字存在，若干年之后她能在这里找寻到自己曾经追梦的足迹。

再说《丰影》杂志的创办也着实不易，她们也处在创业的前期。杂志内容充满了小城的气息，依靠刊登广告的费用来推行杂志的发行。即便这样，夏兰和她老公及她们的团队希望未来的某一天《丰影》杂志能作为介绍小城的城市名片，放满小城的每一个茶吧、咖啡厅等休闲场所，吸引更多的商家入驻杂志推行自己的品牌。

正当杨一婷沉浸在自己的思绪中时，包包里的手机铃响了，林鹏打来了越洋电话，他总是这么关心她。而此时的杨一婷没有了原来的俏皮和活泼，声音也沉闷了许多。林鹏挂完电话，随即给杨一婷传来一首经典英文歌曲《to Be better man》，来激励杨一婷为自己的梦想坚持前行。

"闺密小店"的收银台前放了一只高架花瓶，瓶子里的马蹄莲开得正艳。白色的马蹄莲配一旁粉色的笔记本电脑，把小店主人衬托得更加女人。

杨一婷的电脑桌面是一张以高原雪山作为背景的风景照，那是在藏区的邹兵前两天拿手机拍了传给她的：碧蓝的天空，黛墨的青山，从远处望去山顶仿佛升入云端，那么的飘渺和空灵。

那时一部《士兵突击》悄然红遍了整个电视荧屏，许三多的一句"不放弃，不抛弃"成为当下很多励志青年的座右铭。在朋友和邹兵的推荐下，杨一婷也开始认真地观看这部电视剧。

而此时的邹兵，远在几千公里之外的甘孜藏族自治州，那里的天空高而清远，辽阔而蔚蓝，万里无云。高原空气稀薄不允许他们大声地说话和剧烈运动。每到休息时间，他们总喜欢站在天台上遥望远处的雪山，山顶上苍鹰在高空中展翅盘旋。山脚下河流边总会有三两妇女浣纱洗衣，五彩的经幡在风中跳动，如此浓郁的藏族风情深深地吸引着战士们，让他们慢慢淡忘了原本有的高原反应和思乡之情。

"婷姐……"一个周六的傍晚，邹兵在电话里亲切地喊道。

"邹兵，你好啊，有什么事吗?"

"我想介绍个朋友给你认识。他蛮优秀的。"

"是嘛? 介绍个朋友……"杨一婷对着手机话筒不禁放慢了语速。过了一会儿"扑哧"一声笑起来："邹兵，你不会是想给我介绍对象吧?"

此时邹兵很是不好意思了："我是觉得他蛮好的，人也长得不错，就想介绍他给你认识认识，没有……没有其他的想法。"

杨一婷听见对方的声音有点颤，觉得自己笑得似乎有点过了，也不想给别人过于清高的感觉，便立即改口道："好的呀，那就认识一下吧，谢谢你了。"

"婷姐，那你算是同意了，"对方的声音明显亢奋起来："好的，那我就把你的手机号码告诉他，让他空了给你发信息。"

"好的，See you!"杨一婷大方答应道。

邹兵给杨一婷介绍的对象叫秦文军，是他们部队的一名基层中尉，据介绍长得蛮帅，身高也达到了杨小婷的要求，175厘米的标准身材，可是杨一婷潜意识里压根就没有想过要找一名军人做自己的男友，所以她并不想谈。可能没有人会想到，上了重点高中、读了重点大学的杨一婷却从来没有参加过一次军训，只是邹小弟如此热情，想必这位秦文军也有让人佩服之处。

果真，两天后的一个下午，杨一婷手机上出现了一个陌生的号码："您好，我叫秦文军，是邹兵的战友，听阿兵说：您是一位美丽大方且很有才气的姑娘，这让我对您充满了敬慕之情，所以很想与您认识一下!!"

看着结尾处两个重重的感叹号后，杨一婷不禁暗自生笑："写得好认真。"随即出于礼貌发过去一个"笑脸"。

秦文军见杨一婷发过来一个笑脸，很是兴奋，他拿着在学校里买的那款经典的诺基亚手机发过来一个羞涩的表情。

杨一婷看着秦文军发过来的信息，感觉这位青年军官萌萌的，还挺可爱。

就这样，每过晚饭时间，秦文军只要有空总会按时给杨一婷打电话，嘘寒问暖一番，似蜻蜓点水却又不乏温情。

似乎他对自己的长像颇为自信但又有些腼腆，每问及长像时总是先笑而不语，最后总是以一句"对得起观众"结束，在杨一婷好奇心的驱使下，秦文军发来了一张清晰的侧面照，鼻梁又挺又直，立体感很强，俨然一副帅帅的模样。

杨一婷的心里踏实了许多，尽管此刻，她并没有想和秦文军谈恋爱的心思，但能交一个这样的朋友还是不错的。

为了组稿和排版的事情，周日晚上，杨一婷约了夏兰在碧溪堂喝茶。碧溪堂是当地颇有名气的茶楼，位于市中心里的一条古文街上，外围是古色古香的木质结构，一进茶楼大厅里就呈现出一幅小桥流水的江南园林格局，很具有浓郁的本土风情。

夏兰安静地坐在杨一婷的对面，习惯性地点了杯茉莉花茶，这茶似乎很符合她的气质，说话声音柔柔的，总是一袭长发飘肩，钟情于文字的女子，似乎总透着兰心惠质的文艺气息，喜欢穿棉制长裙和厚底皮鞋的她，相比一些专业报纸杂志的编辑，少了一份世俗和老道，多了一丝幻想和幽柔。

杨一婷要了杯水果茶，选了些小点心，便和夏兰聊起来。

"一婷，还准备回北京吗？"夏兰剥着核桃很熟络地问。

"嗯，我想以后还是会回北京的。"杨一婷翻阅着杂志。

"所以说现在的这些都是为了以后的生活做铺垫吗？"

"我只是想有一些更自由的时光，用来雕琢自己的人生。"

"你这个北京的小妮子，个性执着还蛮有担当呢！"

喝了茶的杨一婷差点被夏兰的这句话给呛到："不会吧，还有担当呢？你说的这些个特性，在我老妈那里，都快把她给烦死了。"

说着说着，"北京欢迎你"的音乐响起，是秦文军。一婷很快接通电话："喂，你好！"

"你好，在忙吗？"秦文军的声音关切又温柔。

"嗯，在忙。"杨一婷明显不愿多说。

"哦，那我等会再打给你。"秦文军怯怯地说。

"好的，拜!"杨一婷随即挂了电话。

夏兰咬了一口草莓，对着杨一婷眯起了眼睛："一婷，是不是有情况，恋爱了?"

"哪有啊——"杨一婷忙解释。

"咦，是不是啊，你不要有男友也不和我们说哦。"

"兰兰，木有呢，你也知道我现在还没这个心思呢。"杨一婷脸颊泛着红晕，心里直抓狂，就怕解释不清，不被好友理解。

可是约摸过了 40 分钟，杨一婷的手机又响起来了，夏兰抿嘴笑得坏坏的，杨一婷一脸尴尬，拿起手机便往外走:

"喂，你干嘛?"杨一婷没好气地在电话里吼道。

电话里传来对方懦懦的声音："我……我想和你说说话……待会就要上哨了，就想给你打个电话。"

杨一婷正在心烦中，依旧没好气地说："你想我干嘛，我不是说我有事吗?"

对方没有回声，半晌，才说："那我不打扰你了，你忙吧。记得早点回家。"

"好的，拜!"杨一婷想都没想，说完就挂上电话。而对方依旧等杨一婷挂完电话之后才挂电话。

从这之后，秦文军一连好多天都没有给杨一婷打过电话，而杨一婷忙于自己的事情，对他本也没有过多的感觉，白天开店晚上学英语，空余时间和姐妹淘逛逛街喝喝茶，惬意而充实。

　　江南小城的夏天是杨一婷最喜欢的季节，她喜欢夏天的热，喜欢飘逸的美丽长裙，喜欢穿着短裤装骑脚踏车，更喜欢在热烈的阳光下做白日梦，梦见她心目中的 Mr Right……

　　无独有偶，这天晚饭后，大学同寝室的好姐妹方乔在 MSN 上留言：

　　"亲爱的亲，好久不见，不知我们的文艺青年为梦想而自由追寻的日子过得怎么样了？我，方小妹，虽身在意大利，但没有一刻不牵挂着千里之外的杨美眉的终身大事，如今我发现有一男子非常吻合你的标准和条件。"

　　杨一婷打开电脑，看到 MSN 上的留言后，一阵兴奋和激动，马上回复：

　　"亲爱的亲，看了你发回来的照片，越发觉得你比以前更加圆润了呢。是不是还那么爱吃啊，还是意大利的甜点把你供肥了呢，（笑脸）真是让我不禁羡慕嫉妒恨哪！

　　最后友情提醒："注意体重哦！你的小象腿似乎又胖了一圈了哦！"

　　于是，就这样，在方乔的介绍下，杨一婷和这位尚未见面的"黄金男"——尹布凡相互交换了手机号码和 QQ。

　　尹布凡发来了自己去年夏天在澳大利亚游玩时的一张照片，照片上尹布凡潇洒、帅气，穿着夹克衫和紧身皮裤，耳朵上挂着的宽边墨镜被推上了发际。站在悉尼大桥上倚栏远眺，那自信而又略带迷离的眼神瞬间就抓住了杨一婷那颗粉色的心。

　　她甚至不知道该选哪张照片发给尹布凡。她搞不清楚哪张照片能更好地展现自己。在杨一婷不知晓的情况下，远在意大利的方乔把杨一婷在校园时拍的一组穿着职业套装和性感小裙的明星照 PS 过后发给了尹布凡。

尹布凡看后很有感觉，短信越发地频繁和暧昧了。

他希望能早日和杨一婷见面，他喜欢在现实中的接触；也可以让恋爱中的杨一婷更踏实一些。

虽身在上海，但尹布凡心中对苏州却有着一份浓浓的眷恋。小时候，爸妈去国外之前曾把他寄放在苏州姑姑的家中，这给他留下了美好的童年回忆。

于是尹布凡约杨一婷见面的地点就在观前街光明影院。小小陪着一婷来到苏州，因为她也想见识一下这个在杨一婷眼里近乎完美的男人。当她们来到苏州后，却接到尹布凡为了生意上的事赶去英国的电话。虽然失落，但恋爱中的荷尔蒙依然使她保持着兴奋。

朱小小陪着杨一婷，一点也不寂寞，何不让单身的风吹得更自在一些呢？她们去了张继笔下"枫桥夜泊"的寒山寺，游览了"中国园林之母"的拙政园。

这边英国格林尼治时间下午 5 点 50 分，尹布凡到达希思罗机场已是中国的凌晨 2 点左右，玩了一天的一婷和小小已沉沉得睡去，手机铃声也没能把两人闹醒。

秋日的晨晖透着窗帘的缝隙照在宾馆床头的墙壁上，杨一婷推开窗，伸展双臂，呼吸着晨间的新鲜空气。听着尹布凡贴心的话语，挂完电话的杨一婷一副甜蜜的娇羞样引得一旁的朱小小揶揄和偷笑。

回到家，杨一婷那泛滥的情感一发不可收拾，对着电脑写下了一篇小散文，贴到了自己的博客里。

偶见苏州

"走进苏州，不论是那第一眼遥望的虎丘，还是名扬百年的拙政园，是那姑苏城外的寒山寺，还是风桥夜泊里摇橹的船歌，声声慢慢——；走进苏州，走在观前街，是那秀水润湿过的红绸绿缎，还是浸满了风情雅韵的烟雨画扇，为什么总是在时光的交错中，且别且远——；走进苏州，那熟悉而又陌生的亭台楼榭、古木园林在历史的演绎和雕琢中，浓情缱绻；走进苏州，曾经的过往却都只是梦里水乡的回眸一瞥，现如今是什么扣动我的心弦，让我在这里不断地驻足、流连……

偶见苏州，偶然的一次借过，让我却有"蓦然回首，伊人栏栅"的顿悟和感怀……

偶见苏州，小桥流水边吴语轻侬的评弹里说唱着那一段段盛世古今的悲欢离合…

偶见苏州，是那昨日的花开，还是这今日的云散，却也难掩这座城市风花雪月的浪漫，情浓意浓的相思……

鸳鸯嬉水点点浓，水月情满在苏州。

　　而杨一婷和尹布凡的第一次见面很快就定在半个月后的上海。尹布凡亲自到车站去接。

　　杨一婷去上海之前，特意选了一件系有大红色腰带的米白色连衣裙，配了一双细高跟淡金色的凉鞋，在头发该束起来还是披下来的问题上，朱小小和贡青争论了半天，最终还是觉得束起来更干净更大方些。

　　星期五赶到上海已是五点多，在上海做销售的丁虹给她安排了住宿。

　　尹布凡，穿得很精致，身上少了份大男孩的书生气，多了份都市男子的现代感和时尚感，一看就感觉家境殷实。

　　尽管杨一婷在来之前做了精心的打扮，但在见到尹布凡后还是紧张得说不出话来。尹布凡却显得非常的自然和放松。他请杨一婷上了车，并带杨一婷在内环高架上兜风，但并不怎么说话，这似乎并不符合像尹布凡这样男子的性格。

　　很快，尹布凡带着杨一婷驾着"大奔"，在位于浦东陆家嘴的金贸大厦门前停下。

　　杨一婷随尹布凡走进大厅，礼仪小姐热情主动地带着他们走入电梯，电梯速度之快使杨一婷毫无感觉，瞬间就到了56层。尹布凡今天是要带杨一婷品尝一下意式西餐。

　　点完餐，在美妙的灯光下，尹布凡开口正式进入了主题：

　　"杨小姐，你气质很好，整体感觉让人看上去蛮舒服的，你应该能找到一个合乎自己性格被爱的男人嫁了。为什么非要找……"

听到这，杨一婷似乎预感到什么，故作镇静："好了，你不用说了……"杨一婷不禁倒吸了一口凉气，长这么大她还没有被哪个男孩子拒绝，从小到大都是她被别人追求，她还没有去追过男孩子，直到这次见到尹布凡愿为他情窦初开追求自己爱情的时候，可她还未行动却被尹布凡堵在了门口。

此时坐在对面的杨一婷尴尬到了极点，她对自己的这种与生俱来的自信甚至自恋的心理感到难为情。

在幽幽的，充满蓝色情调的灯光下，杨一婷的脸颊绯红。

"你是喝不惯这里的鸡尾酒吗？"望着脸上泛起红晕的杨一婷，尹布凡出于本能的关心起来。

"哦，还好，"杨一婷抿了抿嘴："没怎么喝过，刚开始有点不习惯。"杨一婷尴尬地笑了笑。

正当尹不凡想说什么的时候，手机铃声响了。"不好意思，我去接个电话。"

杨一婷耸了耸肩，做了一个可以理解的表情。

窗外夜上海的景色绚丽多姿，色彩斑斓，迷人梦幻。整个餐厅迷漫着温馨、浪漫的气息，让人痴醉。

而此刻杨一婷的整个脑子都在嗡嗡作响。

约摸过了10多分钟，尹布凡依旧很潇洒地走到杨一婷的身边，俯下身说："不好意思，今天晚上临时还有点事，就不能陪杨小姐了。"还侧身作了个揖，他是那么活泼而且放松。

杨一婷似乎很能理解："好的，我明白了，那我就不耽误你的行程了。"

尹布凡更显得过意不去，边走又边解释了一番："那我送你吧。"

反正是不可能了。杨一婷也放松了很多，用挑逗的眼神回望了尹布凡，说："过多的解释就是掩饰呐！"

尹布凡这才反应过来，尴尬地笑笑，尽管一再要求送，但是杨一婷还是坚持自己打的去徐家汇。

回到朋友的住处，杨一婷已是泪眼婆娑，辗转反侧至半夜才慢慢睡去。

在回去的大巴上，杨一婷沉默地靠窗坐着，内心异常平静。她无聊时挂起了手机 QQ，看到邮箱里有封新邮件，打开一看是尹布凡发来的：

　　一婷，你好，我很早就听方乔说过你身边有个铁杆粉丝，他叫林鹏。我原本以为会被这样优秀的男孩一直喜欢的女生肯定很清高和冷艳，然而当我第一次见到你时才发现你是那么的可爱和随和，真的对不起，因为我的鲁莽伤害到了你的自尊，照片上我没能认识清楚就对你表白爱意。你很漂亮，是那么甜美；可我喜欢的是成熟的女性，能有点媚有点俏，最重要的是能放得开，然而你显得过于拘谨和保守。

　　一婷，你为什么非要找一个可以成为 CEO 的 CEO 呢？有时往往带有很强目的性去恋爱和结婚的生活会非常的累。对于你这样有自己的思想和精神家园的现代女性的话，选择这样的婚姻你会幸福吗？不说是你能很好地驾驭你的婚姻，你也应该能够更好地驾驭你的人生。

　　你是一个优秀的女孩，我真心祝愿你能找到一个爱你也值得你爱的好男人！

尹布凡敬上

行近中午，阳光隔着玻璃洒落在车厢里，有些刺眼。杨一婷靠在窗边，淡然笑着，她删除了有关尹布凡的所有信息。起码他还算是个绅士。

在安静的车厢里，杨一婷竟想起陈子昂在《感遇》中的一句诗："岁华尽摇落，芳意竟何成！"

　　杨一婷在小城的生活是自由、快乐而充实的，在告别了上一段无厘头的情感后，杨一婷振作精神，又开始了自己追梦的旅程。就像童话故事里的那颗煮不透摔不烂的铜豌豆。

　　夜已深，四周静悄悄的，杨一婷在书房里看着书，桌边的手机铃声突然响了起来。

　　"一婷……"

　　"老妈，没睡啊?"

　　"在忙什么呢? 怎么没睡?"

　　"我在写东西呢? 帮一个朋友的杂志写篇文章。"杨一婷自信满满地说。

　　"嗯，还在写文章?"

　　"一婷啊，妈不想听你写什么文章，妈就想问你，你脑子里究竟在想些什么，都27岁的人了，工作、工作不好好找，长这么大了一个对象都没有正儿八经地处过，整天想入非非的，你一个女孩子家瞎折腾什么，一晃就30了，你是想青灯寡欲过一辈子呢还是……"

　　听着老妈说话的语气越来越重，杨一婷再也忍不住了："妈……你在说什么呢?"她的声音明显高了起来："作为一名知识分子，图书馆管理员，你怎么能说这样的话。"

　　"别给我戴什么高帽子，我只知道你是我女儿，我是你妈，我有这个义务和责任来提醒和教育你!"老妈的声音越发的严厉。

"妈……"一婷再也听不下去了，声音大起来："想找什么样的人，和谁结婚，那是我自己的事，我自己的事自己解决。"

"你懂个啥，你解决个啥?"

"我不管那么多，我只知道我有我的坚持，我有我的梦想。我不想多说了，你早点睡吧。"杨一婷说完，随即按掉电话。

她心里难受极了，她觉得自己快坚持不下去了，一个人躲在被窝里面抽泣。她觉得好压抑，她翻着通讯录想找个人来好好倾诉一番。她跳过了朱小小，跳过了林鹏，贡青，手停在了秦文军的号码上，她啥也没想就拨通了秦文军的电话。

"致爱丽斯"的钢琴曲响了很久，才听到对方一声急促又略带兴奋的声音："喂，你好!"

"你好，不好呢?"杨一婷声音哑哑的带着哭腔。

"怎么了?"

"委屈，我只想找人说说话。"杨一婷拿着手机，侧身躺在被窝里。

"你说好了，说出来会好受点，我乐于倾听。"

"我和妈妈吵架了，又是因为谈恋爱的事，烦都快被她烦死了。我不怕嫁不出去，也不怕找不到，怕只怕找不到自己想要的。"

秦文军听到这赶忙回道："不会的，不会的，你肯定会有人要的。"

伴着抽泣声，说着说着，杨一婷的声音越来越小了，以至睡着了。等了好一会儿，秦文军感觉杨一婷睡去了，便挂掉了电话。

在帐篷外守夜的秦文军坐在甘孜州皎洁的月夜和明亮的星辰下开心地笑了。

此后，秦文军依旧每天给杨一婷打电话，哪怕有时只是一句问候都充满着温暖和坚持。

贡青一直都有个男朋友，人长得很酷，是个流浪歌手，话不多，清瘦帅气有点高，很像《灌篮高手》中的"流川枫"。他总是诺诺地跟在贡青身后，时不时在一起玩的时候总会带着个吉他。

因为接触不多又沉默安静，杨一婷和朱小小她们对他描述也不多，反正只要阿青喜欢就行。

原本杨一婷一直以为贡青很幸福，直到有一天新衣服出货，不小心触碰到贡青那印有彩蝶文身的手臂，顿时疼得"哇哇"直叫时，她才知道在贡青的小手臂上有条条血痕，或青或紫，类似于指甲划伤的痕迹，而这些居然都是在她男友喝醉酒后失态的情况下所伤的。

杨一婷无法理解，一个平时如此温良的人怎么会在酗酒后作出如此暴力的行径。

杨一婷曾多次劝解贡青离开麦杰，但她却总是舍不得，她相信麦杰，相信他的才华，她想用爱来拯救他，她无法抗拒麦杰弹起吉他时那忧郁迷离的眼神，她想用自己的爱来拯救和抚慰他。而当麦杰不酗酒时，他对她又是那么的温顺，和蔼……在暖暖的午后，他们又会一起在公园的草坪上唱起那首由麦杰作曲、杨一婷填词的《二十八枝花》，年轻，梦幻的带有激情和畅想的《二十八枝花》：

"二十八枝花呀，二十八枝花，你就像娇嫩的花蕾一样，美丽无华；

二十八枝花呀，二十八枝花，让我的爱呀在暖阳下（吐露）独显芳华……

她没想到在这么现实的常自诩自己"混社会"的贡青的身上也会像每个小女人一样做着如此浪漫的梦，那梦还那么长，长到直到有一天早上被彻底的击碎为止。

那是一个星期一的早上，因为连着两周末都去"杭派"进货，杨一婷明显感觉到体力不支，昨晚把新衣都出货后，忙到很晚，决定周一休息，可没想到，大清早的就被贡青的电话给吵醒了。迷蒙中只听见贡青的啼哭声："一婷，我该怎么办，该怎么办？"

杨一婷不觉惊醒："什么怎么办，贡青，你先别激动，好好说。"

"一婷，他跑了，麦杰——他跑了！"

"跑了，不会吧，怎么突然就跑了呢？"杨一婷边说边起身安慰贡青道："你先别急，冷静点，我马上过来。"

杨一婷挽起发，匆匆洗漱了一番，来不及吃早饭，拎着包包就赶了过去。

赶到贡青的店里，眼前一片狼藉，主柜抽屉被翻得乱七八糟。现金盒里的现金被一扫而空，贡青租住的车库房里的保险箱也被打开过，活期存折和金项链早就不翼而飞。一向能干的贡青此时双手抱膝，无助地坐在地上掉眼泪。

杨一婷长这么大，还从没想到在自己的身边会发生这样的事情。她努力地宽慰着贡青，继而问她要不要报警。当贡青听到报警二字时，猛抬起低垂的头，浸满泪水的双眼直直地看着杨一婷，嘴里不停地蠕动："不要报警，不要报警，他会回来的，我相信他会回来的。"看着平日里那么自立、成熟、坚强的贡青，也会有如此脆弱和痴情的一面，杨一婷心里很是难过：难道这就是女人的软肋么，在爱情面前？

傍晚时分，杨一婷、朱小小帮着贡青打理店铺，整理住处。看着一脸憔悴的贡青吃了半粒安定，喝了杯热奶，安静地睡去后，杨一婷和小小才放心离开。

坐在肯德基的窗台边，杨一婷不禁感叹："恋爱真有那么可怕吗，一旦爱上了就不能自拔吗？真怕爱错人哪！"似乎有一种被吓着了的感觉。

朱小小吃了口冰淇淋，握住杨一婷的手笑着说："放心吧，杨大小姐，你不会的!"

"你怎么知道，你会算啊。"

"感觉……"朱小小又吃了口冰淇淋，吐了吐舌头。

夜晚，城市的霓虹慢慢闪去了它的斑斓，退去铅华之后的江南小城在夜间也恢复了素静，如少女般恬静、娇羞和平和。

　　休息了几天后的贡青情绪似乎稳定了许多，她来店里上班的第二天下午，就收到了一封匿名信，没有落款和姓名，在信封的背面画了一把吉他。贡青拿到信后，泪水便不由自主地夺眶而出。杨一婷知道这肯定是麦杰托人送过来的。麦杰在信上表达了自己对贡青深深的歉意，因为酗酒他无法控制自己的情绪，他需要钱才会这么做的。他叫贡青不要再等她了，他无法实现对她的承诺，也无法面对她，他喜欢拿着吉他四处游荡的生活，他无法给她一个家，他没有那种勇气来承担一个家庭，他的思想是清远飘渺的：他想去丽江，想去西藏，想去能让他的灵魂一直可以游荡，呼吸自由空气的地方。

　　看完信，贡青一直默默流泪，她不是为了失财，而是因为这一段她想要的感情。

　　杨一婷问贡青还想报警吗？她摇头，她压根就没想到麦杰就会这么突然的毅然决然地放弃了她。这之后，贡青沉默了些许日子，直到一个云淡风轻的午后，贡青主动约杨一婷到城北广场一角的咖啡厅，在异常安静的氛围下，贡青开始向杨一婷讲述自己的故事。

　　贡青出生在农村，父母都是地地道道的农民，以前种地，后来农村慢慢发展了，改种西瓜、搞养殖了。中专毕业后，她就留在城里打工，做过服务员，也做过营业员，这家店就是自己在商场做售货员时认识的一个大姐开的，后来大姐随老公出去做生意，就把这家店盘给了贡青。而麦杰正是贡青和同事在酒吧里聚会时认识的，他弹吉他时忧郁的眼神很快就吸引住了贡青，后来在超市里又偶遇了一次，贡青主动找他搭讪，一来二去两人慢慢就熟络了起来。

说这些时，贡青依旧很平静，双眸总会不经意间飘向窗外。杨一婷就这样静静地听她诉说。

"麦杰家在东北的一个小村庄里，他一个人在外飘荡，他非常喜欢吉他，在读初中的时候就希望自己能成为一名流浪歌手。

原来我以为我可以留住他，可以在生活中给予他帮助和力量，能让他的才华有更大的释放，也想象某人那样成为 XXX 成功人士背后的那个女人……然而现实却是骨感的。"说到这，贡青没有再说下去，只是对着杨一婷露出了尴尬的笑容："放开吧，放开，对他对我可能都是最好的结果！"贡青长叹了口气，转身便去了趟 WC。望着贡青纤瘦的背影，杨一婷终于明白每个女人心中都有颗爱的种子，不管她是哪种女人，想过怎样的生活。

　　秦文军发信息告诉杨一婷，他们可能不久之后有机会见面了。杨一婷兴奋不已，问他们几时回来时，秦文军又开始说了那一贯的三个字："不知道。"

　　杨一婷内心很是纳闷："几时回来都不能说，真把我当重要的人来看待了吗？支支吾吾的哪像个爷们，军人真得有那么多的身不由己和不能言说吗？……"杨一婷率性的性格再次表露无遗。不管怎么样都要等，直到看到庐山真面目才行。

　　然而杨一婷不知道在她困惑不解的当下，秦文军所在部队正在川藏线上"冒死"前行。川藏线（318国道）是一条非常艰险的线路，曾经只是在电视纪录片中看到，当秦文军他们带着车队穿行在这条高原生死线上时，才深深感受到一种恐惧和害怕。离开藏区的时候正是六月的天气，天空中飘着大片的雪花，这让从来没有见过六月飘雪的小兵们兴奋不已，都不禁感慨：原来六月的天也是可以下雪的啊……

　　正如无限风光在险峰一样，川藏线再艰险也都无法掩饰它沿途的秀美和壮丽：高原峡谷、大江大河、冰川草原……沿路壮阔的景色让秦文军的心境舒展了许多，但那绷紧的神经还是不敢有半点的松懈。

　　傍晚时分，车队行近二郎山。二郎山被誉为千里川藏线上的第一道咽喉险关。对于回程的他们来说，这也将是318公路川藏段的最后一道关卡。而接近二郎山隧道前面的那段路异常险峻，所行之处都是悬崖峭壁。山下虽说是阳光普照，山上却是烟雨迷蒙，能见度只有一两米，几百米的车队在灰蒙、暗淡的天气下，如蜗牛般谨慎前行。坐在副驾驶位的秦文军眼皮已经很重了，左眼有点充血。他把眼睛揉了又揉，不敢眨一下眼睛。驾驶兵紧紧地慢慢地跟随着前面的车队，不敢开快，开快了怕追尾；开慢了又怕掉队，走不出来。一直到汽车平稳地驶入二郎山隧道后，秦文军他们这才松了口气。

平安过了二郎山，秦文军才发现自己后背的衬衣已湿了大半。他不禁侧脸回望了一下身后的二郎山。这一眼望得是那么的深邃、迷离、安然又深情——再见了二郎山，再见了川藏线。

周末接近傍晚时分，秦文军所在部队已圆满完成任务，平安回到了驻地，受到了留守官兵的热烈欢迎。得知秦文军突然回来了，杨一婷的内心激动不已。回来休整了一星期之后，第二个星期的周末部队允许外出，秦文军便约杨一婷周六在 KFC 见面。

江南梅雨时节的天气有些潮湿，原本阴沉的天空漫漫地又飘起了小雨。秦文军听说杨一婷喜欢咖啡猫，在见面之前特意托人在扬州买了一只足足有一米高的咖啡猫寄过来，他带着咖啡猫独自坐在靠窗的位子，内心交织着的是激动、紧张、羞涩又兴奋的情感。

而这边杨一婷明知道要见面却没来由地跑去韦博上练习课，尽管老爸对她离开北京一事一直保持沉默，但她心里明白，老爸是因为她不会放弃对英语的学习才默许她来到这里的。而此时她对自己如此草率地答应与秦文军相见之事开始后悔不已。

她觉得一切来得太快了，她还没有准备好，她内心深处总觉得还会有更好的人在等着自己，那个各方面条件都不错的 CEO（未来的 CEO）可能潜意识里正慢慢地向她走来。就这么和秦文军见面了，若真是喜欢上了，那是谈好还是不谈好呢？窗外的雨越下越大了，风呼呼地刮着，杨一婷在公开教室里戴着耳机做 English excise，而她总是心不在焉地抬头望向窗外阴冷的天空和那越下越大的雨水。她定了定神，看了下手表，索性带着耳机听起英文歌来。杨一婷就这么固执地坐到秦文军发来信息说他归队后才离开。

　　晚上邹兵给一婷发来信息，问婷姐为啥没去见秦文军。杨一婷说临时有事没能去成，邹兵也没说什么，只是说从藏区带了礼物要送给一婷。杨一婷内心此时骄傲的心里读白却是：杨大小姐可不是这么轻易地就会去恋爱的。她依旧沉浸在自己梦幻般的白马王子的情感中：等待着她的 Mr. right。

　　杨一婷在贡青的带动下，开始形成自己的选衣风格，小清新又带有文艺范儿，生意也慢慢好起来，从十几元到几十元不等，小店终于开始有进账。虽说杨一婷很有个性和主见，但在进衣选料上，还是比较保守，主要还是资金不足，进价满300元的韩范套装或长裙，只会选一两件，每到换季时，她都会准备个淘宝筐，在门前换上淘宝大甩卖的字样，筐内的衣服一律50元起，80元封顶。

　　杨一婷也开始越来越爱她的这家"闺密小店"了。生意开始走上正轨，杨一婷心里也感到了些许安慰。这天晚上，她闲来无事翻转着手机，想着邹兵和秦文军回来这些天也没有半点声响，于是便趴在床上给秦文军发信息，本想这家伙看到信息后肯定激动不已，可是等了好一会儿也没见回音。杨一婷按捺不住好奇心开始打电话，秦文军的电话居然关机了；杨一婷又忙着打给邹兵，没想邹兵的手机居然停机了。杨一婷一阵失落，一直到晚上11点，手机一点动静都没有。杨一婷有些紧张了，然而这样的情况接下来居然持续了三四天。她突感到一种挫败感，自信心也开始慢慢动摇了。

　　华灯初上，坐在滨湖公园的长堤上，望着荡漾的湖水，杨一婷泪眼蒙胧，远处传来迪克·牛仔那沙哑又充满磁性的声音："有多少爱可以重来，有多少人值得等待……"听着这样煽情的歌曲，杨一婷越发伤心和难过，眼泪止不住地往下流，她从前晚开始就给秦文军打电话了，电话打了N多次，也没有接通过，一直处于关机状态，她此时不想回家，她无法满脸堆笑着面对爷爷和奶奶，因为她心里面已经有了一个放不下的人。她不想给小小打电话，小小去南京了，她不想因为自己的感情问题老是去麻烦小小。她难受极了，坐在水天堂西餐厅里，一个人默默地平复着自己的心情。隔着明净的窗玻璃望着滨湖公园长堤上来来往往的行人，杨一婷的眼泪情不自禁地掉进柠檬水里，她忍不住拨通了林鹏的电话，电话里传来了手工语音留言，杨一婷无奈地放下手机，此刻她那颗难耐的心啊就如同长年飘荡在大海上的小木船一般久久难以靠岸。她满脸的不快，依旧侧身遥望窗外的风景。

没过一会，手机屏上显示林鹏来电了，杨一婷内心顿时涌起了一股暖流。

接通电话后，林鹏一直耐心地听杨一婷在电话那头诉说着自己的情感。挂断电话后，林鹏伫立在窗口许久，他心里隐隐的感觉到他喜欢了这么久的杨一婷要开始恋爱了，林鹏的心绪跌落到了谷底。此时的杨一婷只知道为打不通秦文军的电话而难过，却不知道在大洋彼岸的另一头林鹏内心的难耐和焦灼，他不管内心多么的不舒服也要抑制住自己的情感来抚慰杨一婷的伤心。正如鹏妈妈说的那样："杨一婷的心智啥时才能变得成熟点，不要那么后知后觉。"

那天晚饭后，杨一婷打开微博，无意间看到@张小娴的那句："你是否会遗憾你所错过的深情？"

突然因为这句话而感动到流泪，那内心的委屈与伤感奔涌而出，因为这句话想到了林鹏，想到了秦文军，想到了邹兵，因为爱与被爱，也因为被爱与爱，是不是自己太过于任性了，为什么总要为爱情加上那么多的条条框框，就因为大学语文老师说过的：爱情不简单，所以就需要那么多的附加条件吗？这世上又能有多少奢侈的情感能被拿来消费？她不甘心，她不想错过，她要等到秦文军回来，不管最终能不能走在一起，她都不想留有遗憾，对秦文军的遗憾，只因为听从内心的喜欢……

23

约又过了两天。那是一个阳光明媚的星期天的下午，杨一婷在韦博上英语课，手机铃声突然响起，屏幕上赫然印着"秦文军"三个字。杨一婷的心似乎都快跳到了嗓子眼，她终于等到了秦文军的电话，从来没有过这样的感觉。杨一婷立马跑到走廊的窗台边接通他的电话：

"喂，你好，"

"你好，我现在在一个很远的地方。"对方的声音厚实带着磁性。

"很远的地方？你们什么时候去那里了？邹兵也在那里吗？打你电话怎么一直打不通？……"

对于杨一婷发炮似的提问，秦文军并没有一一作答，只是很冷静地说："我们很忙，这里打电话接电话都不方便，没事的话就不要给我打电话了，我很难接到的。"

没等杨一婷再回话，对方就挂断了电话。杨一婷郁闷得都说不出话来。

回来后，杨一婷坐在店里寻思了好久，开始认真地想用文字来表白自己的内心，只是她写了一遍又一遍，信纸被撕了一张又一张，最后，她想了想，还是摘录了仓央嘉措的那首《见与不见》。

这天晚上，邹兵的电话也被接通了，和秦文军一样，不该说的邹兵也一句没说，只是当通话临近结束时，邹兵有心提醒到："婷姐，秦中尉这人蛮好的，长得也不错，感觉和你蛮配的，如果你对他也有感觉的话，请你给他也给自己一个机会吧！"

"我明白了，我会好好考虑的。"在"再见"声中，杨一婷挂断了电话。

后来还是找人打听了杨一婷和朱小小才知道，原来从藏族自治洲回来后一个多星期该部就接到上级的命令：要求他们连夜集结从浦东机场飞往乌鲁木齐的窝堡机场，而杨一婷因为只顾忙于自己的事情压根就没有关注当时的新闻。

迫于当时乌鲁木齐紧张的局势，打电话是很不容易的。受杨一婷的委托，朱小小在两次通话未果后，再次拨通了秦文军的电话，也是第一次做这样的事情，在电话拨通后朱小小坐在办公室里呷了口茶，清了清喉咙后开始了说话：

"喂，你好——"手机里传来对方磁性的声音。

"你好，请问你是秦文军吗。"

"是啊，你是哪位？"

"我是杨一婷的闺蜜及发小，我叫朱小小，一婷想让我代她向你读首诗，你现在方便吗？"

对方迟疑了片刻："噢，是这样啊，好的，你念吧，我听着——"

朱小小清了清嗓子，很认真地开始读仓央嘉措的那首《见与不见》：

你见，或者不见我　我就在那里　不悲不喜

你念，或者不念我　情就在那里　不来不去

你爱，或者不爱我　爱就在那里　不增不减

你跟，或者不跟我　我的手就在你手里　不舍不弃

来我的怀里　或者　让我住进你的心里

默然　相爱

寂静　欢喜

读完，小小合上本子，对着话筒："秦文军同志，这首诗就是仓央嘉措的《见与不见》，我不知道你有没有听过，但这首诗却表达了杨一婷对你的情感，有些话也不必我多说了，希望你听完后能打个电话给她……"

"我知道了，我会的……"此时的秦文军内心波动不已，可他太困了，

站了一整夜的哨都未合眼，体能训练刚结束就接到了朱小小的电话，他现在只想先好好地睡一觉……

而这边的杨一婷迫不及待的等待着小小的电话，想知道她们通话的结果。朱小小亮了亮嗓子，很是摆谱："大小姐，你就放一百个心吧，已圆满完成任务。你就等着他的电话吧！"

也许正如老人说的那样："现实的生活能让你放下高傲的头颅，当你真正喜欢上一个人的时候，你就会明白什么叫做无药可救。"

秦文军在电话里面对杨一婷不知说什么好，只是一味地"嘿、嘿、嘿"的傻笑："……哎，当兵的有啥好啊，常年不在身边？"

杨一婷一副骄蛮的口吻："我喜欢！"

秦文军羞涩道："哎，你好傻啊！……"

……

两个小时一轮的站哨时间似乎并没有那么漫长，秦文军每天都会在下哨后第一时间给杨一婷打个电话，哪怕是只说到一两句话，对于相距千里之外的两人都是一种温暖和慰藉。因为当时新疆特殊的情况，手机信息都是被屏蔽的，彼此只能通过电话来交流感情，而有些时候电话也是很难打通的。在一旁的朱小小和贡青都不禁感叹一婷："在如此发达的信息时代还会有如此的坚守，这是要有多么强大的内心企盼和执着的定力。"

杨一婷恋爱自是逃不过爷爷奶奶的双眼，不论是在吃饭时间还是看电视的空隙，总喜欢旁敲侧击，了解有关秦文军的情况，杨一婷却总是秘而不语，羞涩地说还未到时候。不过调皮的杨一婷偶尔也会用试探的口吻询问爷爷找个军人怎么样？爷爷呵呵大笑：挺好！

尽管邹兵总说秦文军长得比较俊朗，因为没见过面，杨一婷心里还是有点不着底，朱小小和贡青每次都通过秦文军发过来的照片和空间相册来帮杨一婷分析秦文军的形象和性格，通过朱小小和贡青正面、反面、左面、侧面的分析和了解，总体评语还不错，杨一婷的心里才踏实下来。"闺蜜小店"里也开始弥漫着蜜桃般恋爱的香气。

24

处暑天气有时候闷热得让人透不过气来。晚饭后，杨一婷帮爷爷收拾完碗筷，也没有和他们一起出去散步，就走进了自己的房间，打开随身听开始听英文金曲。

她今天的情绪有些低落。秦文军一整天都没打电话来，以前从来没有这样的感觉，习惯了每天秦文军的问候，突然没有了电话，杨一婷感觉心绪很乱，她不断地看表，时钟滴滴答答的走着。当克莱斯曼的钢琴曲《追梦人》的旋律响起时，她似乎陷入了无法自拔的忧伤中。

内心骄傲的杨一婷是不会主动给秦文军打电话的，一来她不想放下自己的面子；二来她想探测一下秦文军这样持续不断地给自己打电话的行为，究竟能持续多久。

时间一分一秒地走过，客厅墙壁上猫头鹰的大摆钟敲响了晚上十点的钟点，奶奶睡前来到杨一婷的房间里，见一婷仍在伏案看书，不便打扰，说了声："婷婷，早点休息哦!"轻轻带上门向卧室的方向走去。

而此时也只有杨一婷自己知道，她的心不知飞到了哪里。

可能是看书看累了，不知不觉中杨一婷趴在书桌旁睡着了，迷蒙中听到"北京欢迎你"的歌声——秦文军终于来电话了，此时已是晚上 11 点了。

"喂，婷婷，睡了吗?"对方中气很足。

"嗯，刚打了个盹。"杨一婷揉了揉眼睛。

"呵呵呵，不会是等我电话等得睡着了吧。"

"呵，你觉得你有这等魅力吗?"

"不敢多想啊，呵呵，真不好意思，今天太忙了，我待会还有事……"，话还没有说完，直听到一声口哨声，仿佛划开了这寂寥的天空。

"我有事了，回头再打给你了好吧……"杨一婷并没反应过来。

"有事，回头再说，挂了。"秦文军的口气明显急躁起来，态度有些强硬，却依然在耐着性子等一婷挂电话。而秦文军这少有的略带强硬的态度触碰到了一婷那敏感而又骄傲的内心。杨一婷硬是拿着电话不放。

又是一声急促而又刺耳的哨声，秦文军这次再也等不及了，吼道："有事，挂了!"

"啪"的一下，对方就挂断了电话，电话这头只听见："嘟——嘟——嘟——"的声音，杨一婷被刚才秦文军的吼声给怔住了，顿时泪水像断了线的珠子"啪嗒啪嗒"地直往下掉。墨色的长发下一张娇羞的脸泛起了红晕，此刻却多了份雨打芭蕉的娇媚。

伴着那委屈又伤心的眼泪悄然睡去。她关闭了手机，甚至取消了来电提醒。

第二天，杨一婷起床时，双眼都是红肿的，原本说好今天下午陪朱小小一起出去逛街的，后来也没有去，只是一个人坐在枫叶咖啡馆里喝咖啡。她看着过往的行人和被风吹动的树叶，不禁想起妈妈诉斥的那一句话："杨一婷，你只是一直在筑造自己的精神城堡来逃避社会的竞争和纷繁的人世。"

她似乎真的不再想听到秦文军的声音，不想再接到他的电话。就这样，她倔强而又骄傲地想着，闷闷地在枫叶咖啡馆坐了一下午。回到店里时，朱小小已在门口等候多时了。

"一婷，打你电话关机，不是说好逛街的嘛，不去为啥都不说一声呢?"朱小小开始嗔怪杨一婷。

"不要来烦我行吗，我现在很烦呢!"杨一婷一副不想搭理人的模样。

朱小小见状不对，不禁安慰道："好嘛，是我不对好了，你这又是怎么了呢?"

杨一婷不语，朱小小静坐在店里看着她。

"如果一场恋爱谈得那么累的话，那是不是就该放弃了呢?"朱小小对杨一婷没来由的话感到满心诧异，见她不开心也不敢多问什么。

······

停机了两天，反倒让杨一婷的内心平静了许多。生活依然如我，静水流深。

关机第三天的夜里，杨一婷睡得比较早，一觉醒来正好是凌晨 3 点多。她无聊地打开手机看了一下自己的博客，正当她准备关机睡下的时候，手机铃响了，因为来得突然，杨一婷拿手机的手不禁抖动了一下，定睛一看是秦文军打来的，这让杨一婷的内心为之一震。

接还是不接呢，思想斗争了十几秒，最终还是慢慢划开手机："喂……"

对方传来急切、厚实又兴奋的声音："喂，太好了，你终于开机了。"说完，秦文军立马追问了一句："为啥你的手机一直打不通呢？"

杨一婷没立即回答，只是问："你怎么会在这个时候给我打电话呢?！"

"我刚下哨啊，只要一下哨我就给你打，已经连打了三天了，今天晚上我也只是碰碰运气。"秦文军如释重负。

听到这，杨一婷的眼圈有些湿润，语气轻柔了许多："你上次说话的态度不好。"

"噢，知道了。"秦文军如是答道，接下来是一阵沉默，杨一婷以为秦文军是要挂电话了，电话那头却又传来了磁性的声音："对不起，我为那天的行为对你说声对不起。"

杨一婷听到这，便是一阵心酸，泪水早已模糊了双眼。此刻的她才发觉自己真的喜欢上了秦文军。

时间缓缓地流走，春到夏，夏到秋，一晃又是一年金秋时节。2009 年的十月是中华人民共和国成立 60 周年的日子，为了 60 周年国庆，CCTV 网络频道推出大型纪念活动，一月一主题。而在江南小城，夏兰她们的自创刊物也在着手编写着一系列有关国庆周年的文章，同时在兰兰和朱小小的提醒下，杨一婷，作为一名 80 后的年轻人，在经历了这些故事后再也按捺不住内心的情感，拿起手中的笔也参与到此次活动中去。她想也没想就选择了八月：刚毅中国的主题。题目的灵感来自于新东方创始人俞敏洪先生在复旦大学演讲时的一句话："不一样的青春，不一样的感动"。

CCTV 我和我的祖国征文

不一样的青春，不一样的感动
——纪念中华人民共和国成立 60 周年

"我和我的祖国，一刻也不能分割"，蓝天白云间映衬着你 960 万平方公里江山如画的雄姿，高山流水间流淌着你五千年源远流长的华光。

80 后的我们在和平年代里成长：骑着单车在长长的林荫道上沐浴着阳光，喜欢在星巴克外搭起的凉篷里品味浓浓的咖啡醇香，无聊时坐在图书馆门前的草坪上晒晒太阳，抑或听一曲《牡丹亭》，感受阳春白雪下的浪漫与多情，似乎这所有的一切都那么的贴近生活和自然。而当

2008 年 5 月 12 日，汶川的巨震，黑暗中多了一份哭泣和悲伤，让无数的老人和小孩离开了这个美丽的家园。

抗震救灾全国动员，十万大军所向披靡。当在电话里听着远在都江堰抢险的朋友们述说着那里发生的一切时，我无法忘怀那种感动和泪流，总是在第一时间接受到余震的消息，总是对着电视屏幕泪流满面。曾经我们是那样走过：书是怎么也看不进，心却早已满世界的在飞。感谢我的同龄人，感谢生命，谢谢曾经所有走进我生命的朋友，我的心随他们飞扬。"今天国家主席来到救灾现场""有没有看到主席？""差点就看到了"。那种激动、兴奋和慰藉，让我们忘记了劳累和伤痛。好想去救灾现场当志愿者，好想跟着朋友们一起去感受，去经历，我们在用一颗年轻的心在感知生命。只因经历，我们都会铭记，只因经历，我们才难以忘怀，只因经历，我们倍感生命的坚毅和顽强。回望北川，温总理那猛然转身时深情凝望的眼神；回望北川，一位老人挥动右手立于废墟之上的背影。这是老人以最深情的方式与这座已成废墟的城市作别。

金涛澎湃，掀起万丈狂澜；浊流宛转，结成九曲连环。是那巍巍昆仑的边防哨所，是那寄语扎西德勒的洁白哈达，从都江堰到甘孜州，我重新认识了在和平年代里那些最可爱的人。他们在用青春和热血为祖国喝彩！诠释中国的幸福和未来。

翻开历史的画卷，60 年的沧桑巨变，30 年的改革开放。从北京奥运的辉煌到神舟飞船升天，作为华夏儿女从来没有这样为祖国感到如此的自豪和骄傲。

看着那百万大军过长江的历史画面，领略毛主席"虎踞龙盘今胜昔，天翻地覆慨而慷。"的豪迈气概。读着方志敏同志在狱中写下的《可爱的中国》，革命先烈对祖国母亲的挚爱和情深怎么能不让后辈动容和感怀。

80 后的我们，正以年轻的心态、青春的年华经历着祖国的大变化，带着一颗年轻的心，感受着中国的雄起和变迁。这是何等的感动和激昂！不一样的青春，不一样的感动。只有被自己感动的生命才会精彩。

坚持下去不是因为我很坚强，而是因为我别无选择。因为我生，因为我梦。

前行，为了我们毕生的梦想；前行，为了我们今生所有想要感谢的人；前行，为了我亲爱的祖国！前行……

当她在网上码下这一篇饱含深情的文字后，激动的泪水溢满了整个眼眶。她被自己的这份家国情怀所动容。

身在北京的杜鹃常会打电话来，询问一婷的情况。听奶奶在电话里说杨一婷恋爱了，老妈自是惊喜不已，赶忙问东问西，事无巨细，总又感觉放心不下，她很想知道杨一婷这几年飘在外面思想究竟成熟了多少，会找什么样的男孩子做朋友。学校寒假刚一开始，她就收拾了行李先杨爸爸一步赶回了江南小城，回来后才知道杨一婷所谓的恋爱只是一场柏拉图式的精神爱恋，还未见到真人。杜娟在吃惊之余不禁感叹：这也确实符合她宝贝女儿的性情。当奶奶跟杜娟说秦文军是个军人后，杜娟的心里又打起了鼓：婷婷这是怎么了，怎么突然会想起来找个军人做男朋友，而且人还不在北京？碍于老两口的面子，杜娟也不能说什么，只是开开心心地在小城度过了一个温馨的春节假期，便和杨爸爸一起回了北京。

而杨一婷抛弃了长辈们眼里所谓的功利式的成功，依旧在小城里过着自己想要的生活，呼吸着自由，放逐着梦想。她一直喜欢几米漫画集里的一句话：爱是理解，不是禁锢。生是见识，不是活着。

　　江南的春天总是在一片暖阳中荡漾开层层绿色，转眼又到了 2010 年的 4 月，18 日是杨一婷的生日，尽管前两天她还念想着秦文军的生日礼物，但她知道她依旧是不会收到秦文军的礼物的，因为秦文军已在凌晨一点多下哨后给熟睡中的杨一婷打过电话了，兴奋地祝她生日快乐！她是多么浪漫而又文艺的女生，她内心又开始期待林鹏的鲜花了，然而当远在德国的林鹏这次在网上为她预订了一枝 ROSE　ONLY，下午快递员真的把鲜花送给她的时候，杨一婷反而惊呆了：她知道 ROSE　ONLY 的含义。在北京读大学的时候就有女同学收到过这种花。这种玫瑰花价格不菲，刻上喜爱的人的名字，意义深远。

　　当朱小小和贡青看到店堂里的这朵玫瑰花时，唏嘘不已，和着顾客一起围着杨一婷起哄，都抢着要吃玫瑰花下面的巧克力。

　　杨一婷脸颊绯红，心里却是忐忑不安。她打开 MSN，立即回复林鹏："鹏子，鲜花已收到，礼物太贵重了，我收受不起呀！"

　　林鹏没说什么，先是发过来一个笑脸，然后很坦然地写道："一婷，不要有什么负担嘛，今天是你的生日，你就是公主，只要你开心就好！！"

　　晚上，秦文军上哨前又给杨一婷打来电话：祝她生日快乐！秦文军对杨一婷说："我没有 999 朵玫瑰的大气，也没有 99 朵玫瑰的浪漫，在我心里只想送给你 11 朵玫瑰，代表我这一生一世的陪伴和爱恋。"

　　听着这些话，杨一婷又被"酥"到不行了，眼睛里明晃晃的，在灯光的照射下闪闪发亮，内心充满了温暖。

　　乌鲁木齐的局势已趋向平稳，网络开始慢慢解禁，秦文军知道这个消息后，第一时间就发了一条 message 给杨一婷，杨一婷突然间收到信息后兴奋不已。从 2009 年 7 月以来杨一婷除了和秦文军电话联系外，几乎没有任何的联系方式。现在终于可以通过手机发短消息了，这对于情感细腻的杨一婷来说是件无比开心的事情。

　　可是来来回回才发了十多条，秦文军那里就又没有了音讯，杨一婷以为秦文军有事也就没有去打扰；可到了晚上，训练结束后的秦文军打电话过来问杨一婷：发过来的信息有没有收到时，这才让一婷感到诧异，原本两人都以为是手机信号不好所致。可是过了几天，秦文军和他的战友们才慢慢发现，可能是由于网络没有完全放开，一天短信数最多不能超过 20 条，只要超过 20 条对方就无法接收到消息。知道缘由后，杨一婷和秦文军以及像他们一样身处异地的战友们开始数着条数发信息。在那特殊的环境下有如此经历的彼此都倍感珍惜。

　　自从可以发信息以后，秦文军每天不管是早上上哨前还是下午、晚上下哨后总会第一时间发信息给杨一婷，似乎是定时定点这让杨一婷妥妥地感动了一把。

　　杜娟对杨一婷的恋情依旧有诸多指责和不满，对杨一婷的梦幻和不现实的恋爱心理感到不可思议，原本要求那么高的杨一婷怎么会在爱情面前突然变得如此简单？

杜娟坐在图书室里心绪乱飞，无心整理档案，想想女儿的婚姻大事，看看当今的社会现实，想想未来，越发觉得心里不踏实。她问朱小小要来秦文军的电话，找了个适当的时机拨了过去，在"嘟"了好几声之后，对方接听了电话："喂，你好，请问你是哪位？"

"你好，是秦文军吗？我是杨一婷的妈妈，我叫杜娟。"

一听是杨一婷的妈妈，秦文军好些紧张，更不敢怠慢，赶紧说："阿姨好！"

"你好！"杜娟接着说："如果不忙的话，我想和你谈谈。"

"阿姨，请说。"

"我知道你现在在那边工作很辛苦也存在着一定的危险，可能我现在说这话不合时宜，这……我该怎么跟你说呢？"说着，杜鹃放缓了语速，停留了片刻。

秦文军感觉语境不对，依旧平静地说："没事，不急，阿姨您慢慢说，想说什么就说好了。"

"恋爱是浪漫的，而婚姻是现实的，我觉得你们不合适。你比杨一婷的心智要成熟，我希望你能冷静下来仔细想想，想想以后的生活。"

秦文军终于知道了杜娟的来意："阿姨，我明白了，你说的话我会考虑的，你若没有其他事，我要去忙了。"

"嗯，好，好，你忙，你忙。"杜娟匆匆放下了电话。

中午下哨后，秦文军吃过午饭已是 2 点多，原本他想给杨一婷打个电话的，可是一想到杨妈妈的话后，他触摸手机的手顺时就停了下来。直到晚上下哨后才给杨一婷打来电话，而此时的杨一婷已在睡梦中。喃喃几语就挂断了电话。

接下来的两天，秦文军给杨一婷的电话明显少了，短信也不多了。开始杨一婷还没有察觉到什么，直到后来连着两天秦文军都没有打电话过来。杨一婷似乎感觉到了一种疏远，主动打电话过去，秦文军只是一味地说忙。杨一婷无法再说什么。

夏初的阳光温暖但不耀眼，坐在店里的杨一婷正在看英文版的简·奥斯汀的《傲慢与偏见》，边看边摘录语句。上午做了两单生意，价位还算可以，杨一婷颇为满意。

中午时分，她在店里热了一下早上带来的便当。吃完饭后，坐在椅子上喝了会茶，闲来无事就发了条信息给秦文军，可是等了好久也没有收到回信。最后，她想了想，在手机里这样写道："不知道你这些天究竟是怎么了，真是因为忙么？没有陪伴，没有陪同，相隔几千公里，我们都这样坚持着，可是为什么这几天，我分明察觉到了你的敷衍。是因为不喜欢了吗？还是坚持了太久抑或感觉到了不适合？"

发完这条信息后，杨一婷随即关上了手机。她在等待秦文军的回音。她依旧默默地看着《傲慢与偏见》……打烊后照旧和贡青去西后街吃爱情麻辣烫。

小龙虾还没有上市。贡青点了份加双辣的酸菜鱼，外加两罐黑啤。她们要辣出眼泪，让不开心一扫而光。很少喝酒的杨一婷也褪去了淑女形象，在小包厢里和贡青对饮起来，俨然一副女汉子的模样。

吃饱喝足后，贡青又约杨一婷去辰星影院看了场电影。晚上到家已近11点了。客厅里的灯还亮着，爷爷已经睡下了，奶奶还在等一婷回来。

洗漱一番后杨一婷双眼直打架，伸了几个懒腰后爬上床打开手机，正如她所想，短信呼里有秦文军的来电提醒。

"你打过来吧……"杨一婷在手机里立马给秦文军发了条信息。

夜已深了,发完信息后,杨一婷躺下就睡着了。等秦文军下哨后打来电话已是凌晨 2 点多了,睡梦中的杨一婷被铃声吵醒了,迷朦中只听到对方的声音:"怎么了,睡着了吗?"

"嗯……"杨一婷迷迷糊糊地回应道。

秦文军见杨一婷睡得如此沉,不禁脱口而出:"哦,你真睡着了。"

"嗯,是的……"

"好,好,那你先睡吧。我先挂了。"

杨一婷听一到秦文军要挂电话了,立马打起精神从床上坐起来:"喂,等一下。"

你说吧,给你发的信息,是看了吧,说说吧,是咋回事吧?"

"不是……"秦文军闷闷地说:"不是不喜欢……"

"那是什么,是不合适吗?还是掉你链子呢?"杨一婷追问道。

"都不是,我觉得是蛮好的,只是有人觉得我俩不配?"

"有人说不合适你就觉得不合适了,谁这么牛啊?"

"就是你妈妈——杜阿姨!"秦文军声音弱弱的,像犯了错误似的。

杨一婷一听气不打一处来:"好的,我知道了,我困了。再见!"说完,"啪"的合上了手机。

第二天,杨一婷气愤地把事情和爷爷奶奶倾诉了一番,奶奶安慰一婷道:"不要急,不要气,爷爷和奶奶都觉得这小伙子不错,我来和你妈妈说,我和她好好谈谈。"

下午,杨一婷坐在店里给杜娟发了条短信:"孩子已经长大了,请你不要以家长的名义再来干涉她的感情。"杜娟看到信息后也很恼火,连打了几个电话都被杨一婷给按掉了,在爷爷奶奶连番劝说和杨爸的开导下,杜娟也只能随杨一婷了。毕竟找对象是孩子自己的事情。正如杨一婷在日记中写道:找一个自己喜欢的人是我找对象最基本的一条,选择对了,是我的幸福;选择错了,那也是我自找的结果。

  隔了两天，秦文军又给杨一婷打电话了。她正在韦博上英语课，当时的她气还没有消，懒得接这个电话。杨一婷的手机也调为静音。下课后也没及时调过来，晚上秦文军打电话来，杨一婷自是不知道了。因为凌晨要和贡青出去进货，杨一婷也忘了这件事，看到了未接电话也没精力去回应。

  没想到第二天下午，刚从四季青进货回来的杨一婷正在盘点货物时，邹兵给她发来了一条信息：婷姐，你知道了吗，秦文军已从新疆提前回来了，此时正在回程的火车上。

  杨一婷简直不敢相信，自己天天倒数着日子盼着他们回来，可回来的日子总是那么遥遥无期，没想到的是今天这没来由的居然告诉她秦文军已经在回程的火车上了。杨一婷不禁感叹：这幸福来得也太突然了吧！杨一婷当时真后悔昨天没有及时接通秦文军的电话。

  挂了电话，杨一婷随即给秦文军拨了过去。但秦文军的手机关机了。

  邹兵帮忙打听并打电话给一同回来的一名股长。股长说：秦文军和他要去不同的地方学习，一接到命令就立马打包买票一起起程了。他此时应该是手机没电了。

  听完这些话，杨一婷顿时舒心了许多。爷爷知道秦文军要回来了，特别高兴，戴上老花镜陪着杨一婷在百度里搜索乌鲁木齐开往吴市的时刻表。因为听说他们这次票是买到吴市的。如果不是因为秦文军，杨一婷怎么也不会把自己与乌鲁木齐如此紧密地联系起来，也永远不会想到乌鲁木齐与吴市之间相隔 3 591 公里，乌鲁木齐到吴市全天只有一趟班次，全程需要 2 天 2 夜，48 个小时，途经乌鲁木齐—吐鲁番—鄯善—哈密—柳园—低窝铺—嘉峪关—张掖—金昌—武威南—兰州—天水—宝鸡—西安—郑州—徐州—蚌埠—……，杨一婷经常看着墙壁上的挂钟来估计到站的时间。爷爷也不禁念道："这个时点应该到兰州了……到宝鸡……快到西安了……"，以此来推算秦文军此时所在的位置。

等待一个想谋面却又不曾谋面的人的心情是焦急而又兴奋的，何况又是内心心仪的人。杨一婷不停地看着表，已经是下午 2 点了，按照时间算，秦文军他们乘坐的列车已经到达吴市了。果然不出半个小时，杨一婷手机响了，是个陌生的号码，但电话那头却传来了秦文军的声音："喂，一婷，我是秦文军。"

"啊，是吗？你下火车了吗？是到吴市了吗？"杨一婷的声音激动、轻快而又羞赧。

"是的，到吴市了，刚买了回去的票，准备上车了。"

"要两个小时吗，我去车站接你吧？"杨一婷依旧抑制不住自己内心的喜悦。

"不要两个小时，90 分钟就到了，不用了，我们还要赶回部队报到呢。谢谢！"说完急着上车便挂了电话。

杨一婷又怎么会放弃这么难得一次见面的机会呢，她心里想的是：哪怕只有一分钟的见面时间，她也一定要见见现实版的秦文军究竟是什么样的。

怕在路上堵车错过时间，杨一婷提前一个小时就赶到了站口。眼看秦文军到站的时间快到了，杨一婷想了又想，还是拿手机拨通了与秦文军同行的战友的电话。尽管这样做有点冒失，对于女孩子来说显得过于主动和外露，但此时的杨一婷也顾不了那么多了。她今天赶来的目的就是要见到秦文军，而且是一定要见到！

拨通电话后，股长把手机转给了秦文军，因为有领导在身旁，秦文军的语气立马严肃、认真起来："你好！"

"你们是快到站了吗？"杨一婷问。

"是的。"秦文军答道。

"我已在站口了，我们见一面吧，我等你出来。"

"嘟、嘟、嘟"，股长的手机也快没电了，发出了报警信号。"我还有领导在呢，我不和你多说了，股长手机快没电了。"

"我在出口右转前面几米的香樟树旁的报亭等你，不见不散！"刚说完，对方的电话就断了线。放下手机的杨一婷不禁舒了口气：真是好悬哪！

出了站口之后，同行人员向秦文军交待了一下归队的时间，便先行离开。

在香樟树下，杨一婷终于见到了久久未曾谋面的秦文军，两人相视而笑，不需要太多的话语，彼此已是那样的熟悉和亲切。随即秦文军向参谋长请了三个小时的假，尾随杨一婷来到爷爷奶奶的家，老两口早就在家恭候多时了，忙了一下午，准备了一桌子的江南本帮菜。因为是第一次见女方家长辈，本就羞涩的秦文军显得更腼腆和紧张，他不知道带什么好，细致地挑选了一些水果和两箱高钙牛奶。

爷爷和奶奶还一直盘算着秦文军这次能不能来家里吃饭呢，一听到门铃响，老爷子"腾"地从沙发上站了起来。爷爷看到多日想见的秦文军时，开心得合不拢嘴：挺拔的身材，笔直的腰板，英俊帅气的脸庞。

在饭桌上，知道秦文军喜欢吃虾，爷爷不断地往秦文军面前的醋盘里夹虾。因为是江西人，奶奶知道秦文军喜欢吃辣，桌上可以加辣椒的菜，奶奶都加了辣。怕辣味不够还特意在桌边放了盘辣椒酱。

面对这样的架势，秦文军真是有点受宠若惊了，不断念道："我自己来，自己来，爷爷、奶奶你们吃，你们吃，不客气的……"为了增加气氛，爷爷又拿了个小杯与秦文军对饮起来。一来二去，慢慢的，秦文军早已没有原先的矜持和拘谨。他脱去衬衣，露出里面穿着的绿色背心，由于乌鲁木齐长时间的光照，秦文军臂肩上的皮肤被晒得黝黑亮泽。放开吃的秦文军在小酌中和爷爷畅聊起来。说到尽兴时，只听满堂笑语，杨一婷和奶奶在一旁打着下手，边吃边忍不住笑出声来。第一次见面平和而愉快，彼此都留下了很好的印象。

美好的时光总是游走得很快，一晃两个小时过去了，秦文军看了下表，要到归队的时间了。大家把秦文军送到楼梯口，爷爷紧握着秦文军的手："小军啊，祝你明天一路顺风！回来后，有空就来家里坐坐，来看看我们老两口。"

秦文军涨红了脸满口应答道："爷爷，您放心，回来后我一定会来看你们的！"声音响亮，中气实足。送走秦文军后，楼道里依旧弥漫着醇香的酒味。

杨一婷触摸到真实的秦文军后，内心变得更加踏实，同样喝了点小酒的她沉沉地进入了梦乡。

　　朱小小的男友程成研究生毕业后要回贵阳的事，其实大家早已心知肚明。程成应该算是个比较安分的男生，他不追求人生所谓的辉煌，只想过那种细水长流、平实、安逸的生活。有亲人在身边就能感受家的温暖。

　　早在毕业前一年，他就着手开始准备国考的资料了。现今如愿考上公务员的程成更是归心似箭。

　　当杨一婷知道朱小小即将要和程成去贵阳的消息后，一个人难过得掉下了眼泪，内心充满了对小小的不舍。

　　初秋的湖滨公园，碧水荡漾，微风吹拂湖面慢慢散开，泛起层层涟漪。湖滨长廊里绿意盈盈，乐曲悠扬，沙沙作响，油纸伞般荤黄的灯光慢慢地晕开。杨一婷和朱小小扶着湖边的护栏，迎着微风慢慢向前走去。

　　"小小"，杨一婷忍不住问道："你决定了吗，你真得想好了吗？——和程成去贵阳？"

　　朱小小微笑地望着杨一婷，那笑容淡定而从容，"是的，一婷，这是很自然的事呀，我以前就好像跟你说过了吧，程成若要回贵阳，我肯定是要跟着他回去的。"

　　"可你在这里的工作这么好，生活可以过得很安逸啊。"杨一婷嘀咕道。

　　"为什么不可以为了爱的人远走他乡呢，为什么非要因为这社会的现实而让自己变得世俗呢？我是不明白的。毕竟我们还年轻啊……更何况他是我选定的人，婚姻对我来说很重要。我相信我会在那座城市生活得很好。"朱小小边说边向湖心中央望去。

杨一婷突然无言以对，脸上泛起了红晕。

小小此时亲切地望着身边的这位好友，接着说："一婷，不是所有的女孩都能像你那样幸运，会有像林鹏那样优秀的男生一直这样默默地喜欢着你，正是因为他的这种喜欢，让你心底一直有一种莫名的自信。"

杨一婷笑了笑，似乎若有所思。

朱小小是很了解身边这位好友的：她遇事总是有点后知后觉，因为从小过于正统严厉的教育，总说些书面上的东西，似乎反应有些迟钝，有时为了顾虑对方的感觉而不知怎么接话才好。

"也就是说林鹏对你的喜欢让你无形中保有一颗骄傲的女人心。"小小又接着说。

听到这，杨一婷突然停住了脚步，默默地盯着小小看了好几秒钟，"扑哧"一声笑开了……

她俩推心置腹地边走边聊，步履缓缓，路边斑斓的灯光，声音轻柔就如同耳边吹拂过的徐徐清风一样。

朱小小和程成走的那天，杨一婷穿了一件当下很流行的碎花露肩长裙，戴了顶从海口买回来的大草帽，站在航站楼的前面。杨一婷的长裙被微风徐徐吹起，裙摆被掀起层层涟漪。她仰起头，一手掭着大草帽，透着明媚但又不刺眼的阳光向天空望去，似乎想用力穿透那云层看到更蔚蓝和广阔的天空，直到飞机从跑道上渐渐腾起，消失在云层的深处……

她好想时间就定格在那一秒，自己可以一直仰望那碧空万里的蓝天。仰望着那似乎想用尽全力穿透那云层深处可以看到的更蔚蓝和广阔的天空……

33

2010 年临近十月的广州异常地热闹和繁忙，不只是因为即将到来的国庆，更是因为广州作为沿海开放城市即将迎来盛大的聚会——第十六届广州亚洲运动会。因为这次盛会，活力的羊城充满了激情。

而这时的秦文军来广州已有两个月了，他很重视这次能来广州武警某院校学习参谋业务的机会，白天课堂上他总是勤于记笔记，他的笔记记得既工整又漂亮。

他来广州后照旧养成了给杨一婷打电话的习惯，几乎不间断，白天一个，晚上一个。这让杨一婷的内心充满了温暖，一点都没因为距离而感觉到冷清和寂寞。

国庆期间，学校放假七天，秦文军有意无意间邀请杨一婷来广州玩，令本就有意想去南方看看的杨一婷兴奋不已。原本"闺蜜小店"要在国庆七天长假搞促销活动的，因为要去广州，杨一婷 9 月中下旬就搞起打折活动，把减价的衣物和长裤拿了个长长的挂衣架摆放在小店的门前（都是些过季和价码不全的）一件件的往外抛售。因为价格便宜，质量也不差，每天都吸引了一些年轻的女性朋友来围观。这样连续忙了大约有十来天的时间，月底前两天她就停止了所有活动，打理好了行李箱准备飞广州了。

禄口机场看上去没有萧山机场那么繁忙。有两年没坐飞机的杨一婷坐在飞机上稍许还有些紧张。飞行在蔚蓝色的天空中，看着绵柔的云朵从身边飘移，杨一婷感觉无比的轻松和惬意。

两个小时不到，飞机就平稳降落在了白云机场。刚开机一会，手机就已经震动开了。是秦文军的声音："一婷，你到了没有，我已在航站楼前了。"

拖着红红的行李箱，穿着蓬蓬的牛仔长裙，第一次来白云机场的杨一婷让秦文军做她的专职摄影师，在白云机场留下她的身影。或淘气，或鬼魅，或可爱，或美丽，原本就爱美的杨一婷在做了服装生意后更明白一个道理：作为现代女性，要把爱美当作一项事业进行到底！

广州是个包容性很强的城市，来到这里杨一婷深有体会。她穿了条飘逸的嫩黄色印有小花的中袖连衣裙，配了双金色高跟鞋，走在天河区的大街上时感觉和周围的城市氛围不是很搭，一旁的秦文军也笑了，不禁打趣起杨一婷来。下午她就去上下九买了条几十元的 T 恤和百来块钱的牛仔短裤，再换上平底凉拖，夜晚和秦文军挤在上下九步行街的人潮里，感觉舒服多了。

还是老规矩，秦文军晚上住在学院的学生宿舍，杨一婷住在离学校最近的连锁酒店。在杨一婷看来，再怎么相爱，恋爱期间该保持的距离还是要保持。

广州的夜是那么的璀璨而华丽。抬头仰望高楼林立，万家灯火如夜空中的点点星辰。夜已渐深，小车在高架上奔驰，晚风徐徐伴着丝丝凉意。收音机里正播放着哥哥的那首经典粤语歌曲《当年情》：

……心里边，童年稚气梦未污染

今日我，与你又试肩并肩

当年情，此刻是添上新鲜

一望你，眼里温馨以通电

心里边，从前梦一点未改变

……

哥哥感性的声音伴随着徐徐秋风，飘散在广州这沉醉又迷人的夜空中……

34

10 月的北京，香山红叶正艳，而 10 月的乌鲁木齐，正是瓜果飘香时节。

在乌鲁木齐执行维稳任务已有一年多的秦文军所在部队终于接到上级命令，近日将起程归来。

知道要回去的消息，很多官兵都开始利用假日出去买些纪念品，有送亲朋好友的，有送妻子儿女的，还有送恋爱中的女友的……

都听说新疆的玉器有名，特别是新疆的和田玉，知道是来买玉的，都打着和田玉的幌子。200 元、300 元、500 元，上千的都有，有吊坠的、有手镯的，不同价位的都有人买，总觉得大老远的来趟新疆不容易，在这里买总比在内地买要便宜，好歹也是新疆货（货真价实）。

江南 10 月中旬的天气正是好秋暖阳时，连着一星期天气都很晴朗，阳光明媚。邹兵随大部队平安回到驻地，向父母报平安之后的第一个电话就打给了杨一婷。

"婷姐！"声音一如既往的清脆，略带广西口音的普通话依然没什么改变。

"邹兵，好啊，我还正想空了给你发信息呢，回来没有啊?"

"回来了，昨天下午刚到的。"

"是嘛，那太好了，真是辛苦了！"

"还行吧，习惯了，一年没回来了，感觉呼吸的空气都是那么的新鲜。"

"呵呵，是吧，还是江南好吧！"杨一婷笑道。

"嗯，其实乌鲁木齐也不差。但相比还是更喜欢这里，还是有感情了吧。"

"那是肯定的啰！"杨一婷乐呵道。

"对了，都忘说正事了。婷姐，这周六我们可以外出了，我想请你吃饭。"

"真是好久不见了，我还真想见见你，那就恭敬不如从命了。"

"好的，那就说定了。"邹兵的话语中充满了欢喜。

"好！"杨一婷放下电话后就乐呵起来，老友相见总不免涌起愉悦之情。

周六碰巧又是一个爽朗爽朗的天，天空很蓝，空气很透，仿佛有悖于天气预报的多云转阴。

邹兵中午12点从部队出来，到杨一婷的店里还不到下午1点。"闺蜜小店"的窗台上摆放了好几盆有生气的兰花，这是两年前所没有的。小店外围装饰贴上了红色和白色的亚光墙面砖，外围的装修有点欧范味。小店的整体感觉很符合店主人细腻、温暖的情感和气质。有两年没来了，邹兵站在小店的门口有些恍惚：当兵在外，游走在一个又一个陌生的城市，今天走到这里却有一种归家的感觉。

此时，在店里摆放瓜果盆的杨一婷已看到了站在门外的邹兵，便很自然的走上前打招呼："邹兵！"

"嗨，婷姐。"邹兵这时也注意到了杨一婷，热情地喊道，随即便大步走进了店里。杨一婷一点没变，要说变的话那就是变得更加大方和时尚了。

小店的摆设比原来成熟和井然有序多了，随着网购店的兴起，杨一婷的店里也添置了不少东西：有可以放桌上的迷你彩色电风扇，有可爱的米粉色加湿器，还有超小款的电炖煲，使用和携带起来都非常方便。唯一没变的是收银台下面的柜子上依然摆满了英文CD和名著《飘》《呼啸山庄》……还有看了又看的美剧《老友记》。看着英文书本上不同颜色的注解，邹兵突然有一种感觉：杨一婷的心不完全在这里，她的梦似乎在更远的地方！

邹兵适时把准备好的礼袋递给杨一婷，她接过礼袋很是惊喜："额，这是什么呀？"

"礼物，现在不许看哦，回来再看吧！"

走之前，杨一婷叫上了隔壁店的贡青，当然这之前是经过邹兵同意的。邹兵喜欢吃辣，属于重口味，杨一婷带上邹兵来到距小店不远的市中心的干锅年华吃干锅。

但考虑到杨一婷不会吃辣，邹兵还是点了微辣的。杨一婷、邹兵、贡青三人很快聊开了，当然这中间少不了秦文军的情况。邹兵作为唯一的一名男士，也是出于军人的本性，总是很主动地帮两位女士倒热水，拿纸巾，关系相处得很融洽。

干锅吃了一个多小时。送走邹兵后，回到店里已是下午3点半了。

杨一婷泡了杯柠檬柚子茶，坐下来休息时，才看到邹兵送来的小礼袋（也就是塑料袋里装着小礼物）。打开一看，里面有一条雪白雪白的绸缎般的貌似围巾的东西，拿出来展开后很长很长，再往里面看，还有一个红盒子，打开是一个玉镯，乳白色的，作为一个外行的角度来看，还有点通透。红盒子的上盖里还夹着张便条：

婷姐：

你好！不好意思，因为长这么大没有给女孩子送过礼物，所以多多少少都会有些腼腆。

也不是不好意思，主要还是怕你不愿收。里面白色那条就是哈达，是在藏区维稳时期过藏历新年时藏民朋友们送的。本想从藏区回来时送给你的，没想到回来后又直接去了新疆。那块玉镯是在乌鲁木齐买的，几百元，不贵的，送给你留作纪念。

邹兵

杨一婷看完后很是感动，思量了一会儿，便给邹兵发了条信息：礼物已看，非常喜欢，我会真心保存。

很快，邹兵回复过来一个愉快的笑脸。

35

进入 11 月份，江南的天气开始慢慢转凉了。晚上冲调好一杯柠檬水，带着蝴蝶结发箍的杨一婷来到自己的卧室，打开笔记本电脑准备码字，突然发现秦文军 QQ 动态里有更新，一个名叫吾心吾德的人在空间里发表了一篇题为《致我最亲爱的兄弟》的文章，这让有点犯困的杨一婷不禁提起了兴致。

致我最亲爱的兄弟

又是一年冬风至，遍地又闻《驼铃》声。去年，你们送走了别人，今年，别人送你。两年的军旅生涯不长，而你们却用脚步走过了西藏和新疆；两年的时间不短，你们用钢枪守卫了祖国的边疆。

还记得，刚下火车时的迷茫吗？还记得新兵连讨厌的班长吗？还有那看见腿就发飘的大操场？

还记得二郎山隧道吗？还记得"康定情歌"吗？还记得左多拉山上的雪峰吗？？其实我们都记得。

我想起了白玉中学的大通铺，你们说睡觉是最痛苦的；想起了疯狂的"小辣椒"，你们说班长其实蛮温柔的；还有讨厌的"诈骗四侠"，你们说他们其实都挺可爱的。

从西藏回来时，你们说"草，以后再也不用坐火车了"，没想到却是飞去了新疆。

新疆是很美的，因为这里没有蚊子；乌鲁木齐也很美，因为这里的瓜很甜；公交车更美，因为里面坐着好多美女。

我挺讨厌南湖六中的，因为这里经常紧急集合，还要穿着"装具"睡觉；我也厌化工学校，因为这里天天憋得发慌，还要搞比武、训练；我还讨厌公交车，因为一天要坐十几个小时，屁股都转筋了；当然，我最讨厌的就是南门休闲广场，哎，想着就是眼泪。

如果没来当兵，我想，我短期内是不会去到成都，铁定是见不到二郎山和大渡河，也见不到"康定情歌"，更别说漂亮的白玉寺了。

如果没来当兵，我想，我短期内是不会到乌鲁木齐，铁定是见不到美丽的沙漠、外族的美女，更别说万人"逛街"的"大场面"了。

如果没来当兵，我想，我短期内是不会来此地，铁定是看不到这座山，看不到你们。幸好，我来了，你们也来了。

两年不长，我们却见识了很多，两年不短，但我们还是要分离了。你们来的时候，我没有能够去接你们，你们走时，我依然不能去送，人生也就是这样不能十全十美吧。兄弟们，谢谢你们两年来陪我"日夜兼程"，谢谢你们对我的无比信任，谢谢你们对我的全心帮助，没有你们，也不会有我们今天的荣誉。从明天开始，天下之大，任你们遨游。兄弟们，放开步子大胆去闯荡吧，即使有一天累了，记住你的背后还有这么多兄弟。明天你们就要远行，留下此文为你们饯行，祝你们一路顺风。

汪水阳

文章的最后署名叫汪水阳。当杨一婷看完秦文军军校同学汪水阳在网上的那这篇文章后，莫名的感动与激情在内心涌起，泪珠"啪、啪、啪"地掉了下来。她无法掩饰自己内心的情感。随即她就把这篇文章转到了自己的博客里。这是她开博以来第一次把别人的文章转到自己的空间，她觉得汪水阳真是写得太好了。

其实杨一婷心里很明白：邹兵也在这批退伍老兵的行列之中。她很想去送他，可是秦文军不在那里，她不知道自己应该以什么样的身份和方式去送他。

　　铁打的营盘，流水的兵，虽然有不舍，虽然还是会放不下，但邹兵想他会控制好自己的情感，不会让眼泪掉下来。可当老班长向他行最后一个军礼时，他再也没有控制住自己，眼泪奔涌而出，抱头痛哭。五年的朝夕相处，五年的情感怎么会说散就散，说走就走了呢？

　　擦干眼泪坐在回去的车上，邹兵给杨一婷发来一条信息："婷姐，我走了，珍重！后会有期！"

　　杨一婷的内心有些失落，因为她知道有些人走了可能还会再见，有些人可能永远都不会再见，又有些人可能会在很久之后才能相见，比如邹兵。

夏兰和她老公创办的夏树工作室在这座江南小城慢慢打开了局面，广告也越接越多，小城里越来越多的人开始关注到这本杂志。这样一来，杂志空余的版面也就越来越少了。夏兰见到杨一婷总是有点回避和不好意思。

在一个有着暖暖阳光的深冬的午后，杨一婷约夏兰到楼下一家新开的田园咖啡吧小坐。

夏兰见到杨一婷，开门见山就说："一婷，我希望你不要生我的气，可能以后约稿的次数会越来越少了，你不要觉得我们世故才好！"

杨一婷笑了笑："夏兰，我这次约你出来就是想和你说这事，你不要放在心上，我写文章纯属自己的喜好，因为喜欢而写；不是因为你的杂志而写。你有你谋求的生路！"

"你能这样说，我心里好受多了。"夏兰抿了口橙汁说道。只见她又搅拌了几下杯中的橙汁，接着说："对了，上次你转在博客里的那篇文章我看过了，写得真心不错，文笔很赞！我觉得在你的生命中有这么多的故事发生，又有这么多可爱的人在你的生命中走过，你真应该拿起你手中的笔，用你美好的文字把它们写出来……"

听到夏兰这么说，杨一婷的内心更加热血澎湃了，因为她也正有此意！

时间不会为谁而停留它前行的脚步。很快，广州6个月的学习即将结束，在考试来临之际，秦文军也在加紧复习，所幸最终他以优良的成绩被评为优秀学员，实现了他来时的目标。回来的前两天，秦文军问杨一婷喜欢什么东西？杨一婷想了想，就让秦文军给她带两个皮夹。于是他就在皮具市场给她买了各等颜色的皮夹十多个。反正不贵，价位要比江南小城便宜好多。带回来后，杨一婷拿了一个自己用，送给贡青一个，还留一个给朱小小，其他都放在小店里出售了。这让聪明的贡青嗅到了一些商机，为以后的生意又开辟了一条新的进货渠道。

秦文军回来后的第一个周末，下午请假出来赶到城里见杨一婷。自从上次广州一别后，已有好久未见了，两人见了面自是非常欢喜。虽然时间有限，秦文军还是在杨一婷家里吃了晚饭。

晚饭后，爷爷提出想和一婷送秦文军回部队的要求，秦文军虽说有些腼腆，但心里非常乐呵。于是三人在小区门口打了辆的士，向秦文军所在部队的方向驶去。这也是杨一婷记忆中第一次来部队。

慢慢地，小车远离城市的繁华，路边灯光跟着也暗淡了下来。因为是深冬时节，临近郊野山区风呼呼地吹着，温度骤减，城里还在零上，到了这里已降至零下了。

除了远光灯能照射的前方路面，窗外黑糊糊的，几乎什么也看不清楚，只感觉到扑面而来的冷风。不过在空旷的山野，即便在晚上，感觉吸进的空气都是新鲜的。

很快，小车转了几个弯，就看见前面有隐隐的灯光亮着，小车稳稳地停在了大门前，正门庄重而又威严。严寒中有哨兵在站岗，身姿挺拔，小车就此停在了大门外。秦文军戴上手套顺势下了车。

爷爷笑道："进去吧，你平安到达就好！今晚太晚了，我们就不进去了。"说完回头望了望杨一婷，一婷表示认同，笑着点头。

秦文军会意地挥了挥手，目送的士车离开后才走进部队大门。

　　江南明媚的春天似乎一定要经历"春寒料峭"后才会真正的到来。有时不经意间杨一婷就会想到北京的好来，虽然干燥，虽然风大，但没这么湿。像这样四月份的天气，衣服即便不拿到外面去晒在家里也能干。

　　这两年秦文军不是藏区、新疆，就是广州的，好久都没有休假了。每每家里打电话都要问问啥时能回来看看。

　　又到一年排假的时间了，秦文军神秘而又羞涩地问杨一婷："婷，今年休假我准备回家一趟，你、你愿意和我一起过去玩玩不？"

　　"去你家玩吗？"因为突然，杨一婷吃惊地反问道。

　　"是啊，就想问问你啥时空点，愿不愿意？"说完，秦文军坏笑起来。

　　"这，……容我想想，"杨一婷没有正面回答，接着问："抚城吗？"

　　"是！"

　　中国的城市那么多，杨一婷还真是没怎么听说过这个地方，只记得大学时期有个男同学是江西赣州的。身在北京的她也很少去关心其他的一些城市，好像没这个习惯。

　　"那你知道临川才子吗？"

　　"略有耳闻。"

　　"曾经在某个历史时期非常鼎盛，王安石、汤显祖、唐宋八大家的曾巩，晏殊都曾出自这里。"

　　"这么牛的地方啊，还真是被历史遗忘了呢？那个晏殊是不是就是那个写'昨夜西风凋碧树，独上高楼，望尽天涯路'的晏殊啊？"

"正是。"秦文军肯定地回答："那我啥时休假比较好呢？"

"那就 6 月初吧！"杨一婷想都没想，随口答道。

晚上吃饭的时候，杨一婷把老秦邀请自己去老家玩的事和爷爷、奶奶说了。奶奶便说："婷婷，你喜欢人家又在认真交往，去他家看看家里的氛围和父母的为人也是有必要的，至于分寸和度自己把握好了就是了。"杨一婷看着奶奶，默默地点点头。

杨一婷又计划性地开始安排店里的事了，这次连隔壁的贡青都开始笑她："哎，这恋爱中的女人啊还真是忙。"

　　光阴荏苒，约定好的时间转眼间就到了，准备好行李，杨一婷就和秦文军出发了。

　　总感觉是第一次出远门一样，奶奶买了好些吃的让杨一婷带上。正值6月的天气，南方荔枝开始上市的时节，知道一婷喜欢吃荔枝，奶奶就买了一些荔枝，让杨一婷带在车上和秦文军一起吃。

　　就这样顺理成章地，人生第一次，杨一婷要和秦文军回江西老家了。杨一婷满心欢喜和兴奋，心中也不免会掠过一丝丝的忐忑和紧张。

　　夜色像浓墨一样慢慢地晕化开来。晚上6点，杨一婷和秦文军终于登上了开往江西的动车。伴着朦胧的月光和点点星光，和谐号在夜色中风驰电掣般往中国的中部城市飞奔而去。

　　这时的列车上，一切都很安静。很少有人说话，很多乘客都在休息，有些乘客在玩手机。杨一婷和秦文军两人剥着荔枝，相视不语，却也总掩饰不住内心甜蜜的笑容，时不时地笑出声来，全然不顾周边路人注视的眼光。让人感觉到了恋爱中的幸福与美好！

　　行了近3个多小时的车程，列车在抚城站口稳稳停定了。在秦文军的照应下，杨一婷走下了火车。车外空气很舒畅，微风习习，有点凉意。生平第一次以这样的方式跟随着秦文军踏上了江西这片红色的土地，杨一婷除了兴奋还是兴奋。

　　秦文军的堂兄正和朋友从抚城的那边赶过来。杨一婷陪着秦文军在站口等着。对于杨一婷来说，一切感觉都很新奇。站在站前广场上的她望着前方亮着灯光的路面：夜幕中的抚城东站因为远离市区，没有江南的繁华和北京的热闹。

秦文军的电话响起，他用熟练的家乡话和话筒那边调侃，不一会儿，只见一辆黑色的大众小轿车缓缓向他们这边驶过来。

秦文军笑道大喊："来了，来了。"

此时，车上走下两个大小伙子，其中一个高高瘦瘦的是秦文军的堂兄，秦文军上前一步介绍：另一个是同村的儿时伙伴。

他堂兄还真是实诚，见到杨一婷就叫："嫂子好！"杨一婷笑笑，没搭理。秦文军上前解释："叫婷姐就可以了，叫嫂子是占人家便宜。"杨一婷微笑着点了点头。

就这样，小车一路欢歌驶上了高速路，经过 1 个多小时的车程，杨一婷在抚城里住下了。

抚城，一个典型的中国中部内陆城市。远不及沿海开放城市整洁、干净，但它和很多中西部一些大城市一样，宽广而大气，正待开发，寻求新的发展。这是杨一婷深夜踏上抚城市区内心的第一感觉。

杨一婷来抚城的第一晚是住在新城区的玉荣宾馆，那宾馆条件很好。不过让她留下深刻印象的倒是玉荣宾馆旁边新建的汤翁大剧院。

秦文军的家虽说是在农村，但它离抚城市区并不远，小车开了 20 多分钟就来到了秦文军老家的门口。也难怪，这么近的距离在一年多后城区重新规划被直接划给了城市周边区域，只是村民们一直保有着有田可种的思想。

这是一个具有赣东特色的典型民居，原本全部都是木质结构，改革开放后把墙体用水泥和砖块重新修葺了一番。门槛很高，厚厚的木板门非常结实。

这是杨一婷第一次完完全全地接触农村。屋里面很凉，堂屋里比较宽敞，摆设也很简单，侧面的墙壁上张贴着纸制毛泽东画像。杨一婷对屋内的摆设不感兴趣，倒是对高墙上的燕巢很感兴趣。一只燕子习惯性地从大门外直飞向燕巢，把衔来的食物喂食给巢内嗷嗷待哺的 5 只小燕子，场面非常的温馨。杨一婷觉得很有意思。这不禁让她想到杜甫的那首诗句："旧时王谢堂前燕，飞入寻常百姓家。"

在一旁不懂风情的秦文军假装牢骚道："孔雀东南飞嘛!"

杨一婷嗔笑："哪来孔雀? 不只有燕子吗?"

秦文军坏笑："你不就是从东南飞来的孔雀吗?"

杨一婷"嗝——嗝——嗝"地笑起来。

虽说是都属于南边，但中部地区的天气似乎要比江南热很多。听说这里盛产橘子，特别是长在盯湖边上的蜜桔最好吃。

尽管北京作为首善之都，在吃的方面一直是大杂烩，百味不禁，酸甜苦辣咸什么口味都有，但自小在江南长大的杨一婷习惯了清淡爽口，还真是不会吃辣。面对这么多的江西美食，杨一婷暗暗下决心：回去后要向辣椒宣战，以后有时间再来抚城品尝这种伴着家常小炒的江西美食。

以至于她后来去加拿大留学期间，也不忘向外国的留学生们传授有关中国人吃辣的风俗和文化。当然传授的不仅仅是美食，还有作为一名在外求学的学子那份隐藏在内心深处对祖国土地的眷念和深情。

40

六天的时间是匆匆又匆匆的，但杨一婷还是决定提前回去。那是一个晴朗的早上，明媚的晨光洒满了整个村落，周边成片成片的稻田绿油油的，晨晖下，耕作的水牛在田间栖息。

可能生长橘子和柑橘的地方，天气本就炎热和干燥，抚城的天气更是闷热的。阳光很好，下午四五点钟的太阳还很强烈。因为要送杨一婷去南昌乘火车，秦文军和他堂兄去朋友开的 4s 店借了辆新大众，秦文军及他的堂兄和他们的朋友小拓还有杨一婷，在下午 5 点钟准时上路了。

他们在集镇上最大的超市买了矿泉水和饼干，一股脑儿的都塞给了杨一婷。

梅雨季节的江南雨水就是多。回来那天南昌下了暴雨，4 个人谁也没有带伞，经过 2 个小时的车程，小车驶进南昌时也是傍晚时分。华灯初上，车轮从雨水中划过后不经意间溅起片片水花。饿着肚皮的 4 个人在路边的一家本菜馆简单地点了几个菜后就开吃了。秦文军怕误时间没敢喝啤酒，他的任务就是督促大家看好时间不要误了车程。

此时南昌的雨越下越大。作为江西的省会城市，南昌还是蛮繁华的，商铺林立，霓虹闪烁。小车在靠近火车站不远的地方停了下来。下车时，秦文军让杨一婷把风衣兜在头上避雨，他们三人穿着短袖在大雨中奔跑。

暴雨依旧肆意地下着，火车站里人头攒动，淋了雨的几个人都有些狼狈。秦文军护着杨一婷上了火车。找到铺位后，他娴熟地把皮箱和行李放置好后，又赶忙从包里取出杯子去帮杨一婷打热水。望着秦文军全身湿透的背影，杨一婷内心百感交集。

秦文军挤过拥挤的过道，把热水杯交给了杨一婷。只见头发上的雨水顺着脸颊慢慢地滚落在衣襟上，他禁不住用手去擦拭。

杨一婷看着，从包里拿出一条干毛巾塞给秦文军，让他擦擦，秦文军推脱道："不用，不用，我没事了，在外当兵都习惯了，你自己留着吧。"

广播里响起了吴奇隆的《一路顺风》，过道里慢慢安静下来，走动的人也越来越少，火车快要开动了。下车前，秦文军嘱咐杨一婷："注意行李，好好睡一觉，明晨7点就能到杭州了。"

杨一婷倚靠在卧铺旁，微笑着点点头："知道了，你就放心吧。"她和秦文军挥手道别。

火车终于开动了，对于杨一婷来说，这次特具意义的首次江西之行即将结束了。窗外的雨依旧下得很大，站台上空空的，水珠"啪、啪、啪"地打在窗玻璃上，珠帘似的，仿佛有点模糊了视野。透着窗玻璃杨一婷看见秦文军还在挥动着手臂，当火车移开秦文军时，杨一婷此时才发现在秦文军身后不远处，站台一角幽暗的灯光下，秦文军的堂兄和朋友小拓也站在那里目送着她，他俩浑身也都湿透了，雨水顺着垂直的手臂由手指往下掉落。一种无言的感动顿时涌上了杨一婷的心头，以至于多年之后远在加拿大读书的她每每看到飘飞的雨丝都会情不知所起。

是的，他们对于杨一婷来说是陌生的，如果不是因为秦文军，杨一婷很难想象她会和他们玩到一起去：他们之间，生活方式，思想意识，存在形态完全不同。对着只是微笑点头、不愿开口多说的杨一婷，他们不知道该用何种方式来表达他们的善意和友好。三个人只能伫立在站台上，静静地等待列车从身边驶过。尽管这些日子杨一婷表现得很平和温暖。事实上，她本就是一个具有亲和力的女孩，没有世俗的偏见。即便是这样，那也难掩饰住她骨子里透露出来的那份清高和大都市女孩与生俱来的优越感。

是的，这一路上杨一婷都很少说话，她内心是有落差的，和想象中的反差其实挺大。

看惯了大都市的繁华，听惯了"洋泾浜"的爱情，喝着星巴克，哼着ABC，她怎么能习惯这样的生活？此时，她的脑海里不断闪过秦文军二舅在饭桌上的那句话："凡事习惯就好，只要习惯就好！"

尽管这个村庄挺大的，尽管它紧挨着城边，尽管一家挨着一家，蛮有生气的，"可是……可是……"无数的可是都在这个热情但又孤傲的北京女孩的脑中不断盘旋。

此时，夜已很深了，车厢里逐渐安静下来，过道里的灯已被管理员关闭，偶有咳嗽和打呼噜的声音。火车如闪电般穿梭过山洞，汽笛声在整个夜空中回旋。载着归家的游子或是奔波的行人在梦想和现实、东西和南北中穿梭，游走……

杨一婷在日记的扉页上写下了一句话：人生本就是一场旅行，心大了，人生舞台就大！内心美好了，映衬的人生就会很美好！

41

这次老家之行后，两人的感情似乎又更进了一步，对彼此又多了份了解。原本说好等秦文军休假回来后带杨一婷去部队看看的，让她感受感受部队的氛围。可是正好一连两星期都赶上杨一婷在韦博有听力训练和口语测试，秦文军也忙得没时间，于是去部队的事情就暂且搁下了。当两人都忙得差不多准备再商议此事时，秦文军又接到命令去上海 Y 大学带军训。

原则上军训期间杨一婷是不能来探望的，因为一直想去 Y 大学看看就问秦文军能不能打个擦边球。秦文军说不可以，部队有部队的规定。正好所在女生连的辅导老师是个单身女青年，她知道后，非常热情地欢迎杨一婷过来玩，并以她朋友的名义和她同住一个教师宿舍。她说这样与秦文军没有半点关系，也不违犯规定。

于是就这样，杨一婷拖着心爱的红色行李箱来到了"傲娇"的上海。这群北方女孩都喜欢这么形容上海这座国际化大都市，而且现在用这个词也感觉到特时髦。

杨一婷到达魔都后，拖着行李箱坐地铁，换乘公交，转了好几站，终于来到了 Y 大学位于闵行的校区。这一路摸索，赶到学校已是晚上 6 点 50 分了，此时秦文军正在阶梯教室和新训学生开连务会，不可能到门口去接她。杨一婷也习惯了，一个人拉着个行李箱在校园里沿着直道往前行。走了好一会儿，她终于发现了超市和商场。于是她在校园超市旁的"冰火两重天"烧烤店门前坐了下来。

一位大妈热情地走了过来："小姑娘，你是大几的，准备开学了吧?"

杨一婷眨了下眼睛，狡黠的笑道："研一的。"便随即站起身往冰柜的方向走去："阿姨，帮我拿杯冰镇杨梅汁吧。"

"拿大杯的吧?"

"嗯好，就大杯!"杨一婷此时又渴又热，谁想到上海的天气这般闷热!为显时髦，她来上海之前特意穿了条圣地奥今夏的跑款：双层黑纱下摆连衣裙外搭了条白色漏洞钩针小背心。

实在是太饿了，也顾不上烫，当红烧牛肉面端上来后，她就边吹边大口吃起来，一碗面下肚后，顿觉精神许多。看看时间也差不多，秦文军还没有来，杨一婷开始"享受"被蚊虫叮咬的节奏。信息发了一条又一条，正当郁闷中只听见车棚旁黑糊糊的小路上传来自行车铃声。随着铃声靠近，"哐"的一下，推着自行车的秦文军仿佛从一片漆黑中跳了出来。见到杨一婷，秦文军抑制不住内心的激动，调侃起来："哇，靠，你还真拖了个行李箱摸到这里来了啊?!"

杨一婷满脸斜视："哼，你这是欢迎呢还是不欢迎呢?"

秦文军笑道赶忙说："欢迎，必须欢迎……，你可是我们丁老师的客人。"

"秦连长，你俩不要在这里你侬我侬对我视而不见哪!"

说到这，杨一婷才注意到在昏暗的灯光下还站着一个穿着迷彩服的姑娘，一直朝自己微笑着，而且这姑娘一笑就露出整齐洁白的牙齿。秦文军这时才想起来身旁的主人还没做介绍呢。"这位是新训29连的青年指导员——丁盈。人家可是一等一的高手，硕士毕业直接留校了。"

"姐，别听秦连长瞎吹捧了，我只是个新晋老师，第一次带军训，很多地方都有待学习。早就听哥提到过你，今天终于有幸见到你本人，很高兴。"面对外向型性格的丁盈所表现出来的大方和热情，此时的杨一婷一股脑儿的羞涩和放不开，她是很感谢丁盈的，如果没有丁盈的热情相邀她这次是来不了上海的，更别说在大学住下了。

"时间也不早了，婷姐你也累了吧，跟我回宿舍吧。"丁盈早就和秦文军说过了，杨一婷的事他就别管了，若是杨一婷来了就和她住一个宿舍。

于是秦文军拎起杨一婷的红色大拖箱放在自行车的后座上，一手扶着往前走，推着自行车的丁盈和杨一婷就着淡淡的灯光，沿着校园里的马路往宿舍走去……

夜色中，杨一婷仿佛感觉到 Y 大学要比传说中的大的多得多。左转一条道右转一条道，在略过无数栋学生宿舍楼后，终于来到了靠在小树林旁边的女博士生楼。因为有规定：男同胞一律不准进楼，于是秦文军把杨一婷送到楼下，就骑着自行车回去了。

丁盈的宿舍就在一楼，面积虽小，但空调、冰箱、床铺、壁柜、阳台一应俱全，有两张床位，左右靠墙各放一张。面对楼里好些年纪比她大的女博士，留校任教的丁盈却是她们的生活辅导老师。

大热天的整天穿着肥大的迷彩服在外陪着学生参加军训，整张脸都被晒得灰不溜秋的，遮盖了她原本很女性的一面。只到洗完澡后，当丁盈把她那深褐色的波浪卷发从军帽下解脱出来时候，杨一婷此刻才发现丁盈还真是一位很有气场的知性美女。

时间也确是不早了，杨一婷很快就进入了梦乡。忙碌了一天，丁盈也呼呼入睡了，房间里异常的安静。迷糊中依稀还能听到丁盈床头手机短信铃的响声。

第二天一大早，天还蒙蒙亮的时候，丁盈就换上迷彩服，蹑手蹑脚地出了门，杨一婷此刻依旧沉浸在睡梦中。

　　杨一婷起床时已九点多，洗漱完毕打扮一番后，穿着绿色荷叶边吊带长裙，晃悠悠地来到离寝室最近的第四食堂准备吃早饭。可到了饭堂才知道来了太晚了，于是她只能走进便利店买了三明治和酸奶，坐在吧台吃起来。无意中她在吧台旁边的书架上看到一本《这还是马云》的新书，翻了两页觉得看起来不累，便买了回宿舍里去看。

　　这个季节正好是上海奉贤黄桃上市的时候，宿舍里刚好有现买来的黄桃，喜欢吃桃子的杨一婷随手洗了两个吃了起来。《这还是马云》这本书不知不觉中都快翻完了，一晃眼，时间都已过 12 点了。秦文军还没有电话打过来，杨一婷按捺不住自己的性子，"啪，啪，啪"连发了三条信息过去，过了好一会才收到秦文军的短信："婷，你先骑自行车到第一食堂门口好吧，我马上就过来。"

　　本来对秦文军这么晚还没主动叫自己吃饭挺不高兴的，但一想到中午要到第一食堂打饭就立马兴奋起来，原因只有一点：因为她没去过。杨一婷就想去看看传说中的第一食堂究竟是什么样。

　　放下手机后，杨一婷立马换上牛仔背带短裤，兴冲冲地往第一食堂的方向找去。在 Y 大学，自行车是最基本的代步工具。如果没有自行车，真不知道偌大的校园要走到什么时候。

　　边骑边找了好一会儿，杨一婷终于来到第一食堂的门口，秦文军此时早已在第一餐厅前面等她了。见到秦文军，看到他两边鬓发还挂着水珠，在不断抹汗，原本想嗔怪他的杨一婷忍不住笑起来，秦文军腼腆回笑，一脸认真地说："怎么了，打了你好几个电话都没接，还以为你走丢了呢！"

"怎么会呢，真是走丢了那还不打你电话啊？"杨一婷锁好自行车，推着秦文军就往餐厅里走。

第一餐厅还真是挺宽敞的，很大气，只是早已过了吃饭的点，已没什么正餐，只有一些早上留下来的糕点和一份蛋炒饭。杨一婷明显有些失望，秦文军见状赶忙说："我们去小餐厅吃吧，就在校园超市的楼上。"

杨一婷鼓了鼓嘴："那好吧。"于是，两个人又折腾地骑着自行车，往小餐厅的方向赶去。

校园超市楼上的小餐厅也是寥寥数人，毕竟还没有正式开学。老秦问杨一婷想吃什么，杨一婷看了下菜单，嘟囔了一句："就来碗土豆粉吧。"

"好。那还要不要来杯果汁？"秦文军起身问道。"不用，待会我还是去冰火两重天喝杯冰镇杨梅汁吧。"

"好。"

吃个午饭折腾了大半天。端上来的土豆粉味道也不咋样，咸不拉几的。这让她想起了北京。上大学那会，没事的时候，她常和方华骑着脚踏车去中央民族大学后门的小巷吃土豆粉，那味道酸爽麻辣。这还是杨一婷第一次在外面想念起北京，回望起自己的大学时代。她想起方华，想起朱小小，想念起和她们在一起的那些无知无畏的青葱岁月。

吃完土豆粉，秦文军把杨一婷送回宿舍后，忙赶回寝室准备下午九连女生连的站立训练。

此时正值正午时分，外面的太阳火辣火辣，林子里没有一丝风，只听树上的知了声声叫慢，走进宿舍打开空调后才觉舒爽许多。丁盈中午要回数学系整理文件和档案，不回宿舍休息，宿舍里就剩杨一婷一人。她躺在床上把玩了一会手机，不知不觉就慢慢睡去了。一觉醒来，已是下午4点多，因为想着晚上老秦会向领导请假要带自己去校门口吃晚饭，于是杨一婷把自己打扮了一番。

可是等到 6 点，她都没等来秦文军的一个电话，满心的沮丧和不满。好不容易等来了老秦的电话，却是告诉她临时有事情不能带她出去吃饭。杨一婷"啪"的挂断了电话，一气之下骑着自行车往 Y 大学植物园的方向而去。她堵着气穿过长长的天桥，沿着柏油马路奋力向前，骑行途中不知不觉地眼前豁然开朗：一大片绿油油的青草地，悠长浓郁的林荫道，静谧的湖水，空旷规整的校园在漫天晚霞的映衬下美得让人叹息。见到如此景象，杨一婷少女般的情怀又开始泛滥了，她拿出手机拍个不停。此刻她的内心是这般的舒适和安宁，对秦文军的不满早已烟消云散。

享受完美景后，杨一婷才意识到肚子早已咕噜作响。昨晚就听丁盈说，这附近有一家西餐厅，初来乍到的她找了好一会才找到。这家店的装修色彩明亮，只是还未开学，只有零星几人在用餐。服务员倒是很热情地招待了她。杨一婷翻了下菜单，点了份单人披萨、一份烤翅外加一杯加冰的可乐。

可乐上来的果真快，杨一婷连喝了几口，顿觉爽快许多。望着窗外暮色天空，心情不禁又郁闷起来：这就是自己来 Y 大学的第一天，三餐没有一顿是按点吃的。秦文军对工作的热情和责任似乎远远超过了对她的关心。在如此一个陌生的环境里，她被冷落着。这又能怪谁呢？明知道有规定，自己还是要偷偷的来。

吃完了披萨，她平复了一下自己的情绪，索性关闭了手机，骑上脚踏车来到保龄球馆。对于这项运动她一直都很喜欢，只是参与得很少，所以球技很一般。原本在大学时期是可以好好锻炼一番的，也不知怎么东拉西凑，莫名地打上了排球，还成了校女排队的替补队员。

话说保龄球馆的人比起小餐馆的人来说还算是多的，已有好几拨学生外加几个服务人员。杨一婷因有小丁老师的职工卡，所以上哪都比较方便。她换好鞋也就"噔、噔、噔"地跑进去了。

刚一进场，杨一婷就被秦文军所在连队的一名士官所认出并大声喊她：婷姐……没想到这里还会有人认识自己，已是无处躲藏，她干脆放弃羞涩大方地走过去。

这边呢，晚上 8 点 30 分活动结束后，秦文军立马躲到僻静处给杨一婷打电话，只是电话怎么都打不通，发了信息也没有人回应。

听回宿舍的人说，有人看到杨一婷在保龄球馆玩球，秦文军忙骑着车往一号餐厅赶去。杨一婷打完球正准备出来换鞋，猛抬头看到秦文军手握手机正注视自己，一脸的严肃。她从未看到过秦文军这么的严肃过，也没理会，换好鞋出了保龄球馆，推着自行车就往宿舍楼方向骑去。秦文军默默地跟在身后，一路上都无语。直到 Y 大学女生博士生宿舍楼门前，尾随其后的秦文军响了响铃声，跨在自行车上朝杨一婷挤眉弄眼："杨大美女，不要生气了，我不方便进去，就送你到这了。这个你拿去吃！"随即从自行车扶手架上递过来一大盒披萨和一包传说中好吃得不能再好吃的上海鲜肉月饼。刚才只顾生气了，都没注意到自行车前还挂有这些东西。杨一婷一看到这么多好吃的，再也忍不住脸上的笑意，斜视秦文军道："这还差不多……"

杨一婷提着披萨和月饼来到宿舍时，丁盈刚洗完头发，正拿着吹风机打理她那妩媚的波浪大卷。一见杨一婷就关切地问道："你回来啦?"

杨一婷不好意思的舔了下嘴唇："是啊，回来了。"

"那赶紧去洗漱吧。时间不早了。"

"嗯，好。"

她洗完澡后，便打开披萨和月饼，叫上丁盈一起来吃。丁盈也顺手从冰箱里取出两罐可乐。夜宵模式正式开启……

似乎丁盈早知道杨一婷今天发小脾气的事，所以一上来就帮秦连长"开脱"："婷姐，其实秦连长平日挺辛苦的，带学生真的不容易，压力也不小，连队间竞争也大，都想把自己的队伍给训出来。"

杨一婷摇晃着脑袋打量着眼前的丁盈："咦，你今天怎么一直在说秦连长的好呢。"丁盈此时才发现杨一婷一直看着自己，不好意思地笑道："因为我不想因婷姐的不高兴而影响秦连长带军训时的心情，我们学校对第一次参训的年轻教师都要量化考核的，我想争取得个优秀，也不辜负我大暑天放弃假期在学校里带学生军训的努力。所以,我想把你安抚好,照顾好。"说完,丁盈伸了伸舌头笑起来。听完,杨一婷也笑了,她还不知道原来在丁盈的内心深处还有着这样的"小九九",她又一次被眼前这位知性美女那颗强烈的进取心所触动。不知不觉中时钟滴滴答答已过凌晨……

　　处暑后的上海，白天依旧还是那么的闷热，可能是前段时间开店、进货、学习太累了，杨一婷这一觉又睡到了九十点钟，而此时的丁盈早就陪同学们在大操场上练习站立了。杨一婷开始习惯并喜欢上了Y大学的日子，不是学生没有学业上的压力，她可以一天都待在新图书馆里看书写小说，也可以一个人背着小背包骑着脚踏车在广博的校园里骑行。晚上若有时间，在人不多的地方秦文军也会陪着她在湖边散步。偶尔也会和几个年轻的大学老师聚在一起吃个烤串，喝点啤酒。夜晚的校园凉风习习，让她无时无刻不感受到一种开放和自由的气息。

　　一晃一个多星期就这么过去了，军训也接近了尾声。按照原定计划，杨一婷过两天要和来七浦路进货的贡青一起乘车回去。早已是秋装上市的季节，杨一婷也要赶回去开店了，她可不想被老妈说成是三天打鱼两天晒网，做事成不了气候。

　　在要回去的前一天，杨一婷几乎在新图书馆待了一天，中午独自在第五餐厅吃了份牛排。这些天她被Y大学军训学生的激情所感染，在写小说的空当写下了一篇散文，题为《今夏的风》。

　　亲爱的彩虹九连：
　　你们好，请允许我这样称呼你们，虽然明天将离开这里，但你们的"音容笑貌"会在我的脑海中时常浮现，作为你们喜爱的连长表哥的女友，很乐意你们能叫我一声："婷姐。"

那天晚上听你们的连长表哥在电话里诉说即将离别时的感人画面，看着你们在日志中用文字记录军训中的点点滴滴，刹那间我的眼眶被泪水打湿，内心更是无限感慨：

谢谢你们，今夏带来的感动，

谢谢你们，让我们重回到了那一段美丽的青葱岁月，

谢谢你们，对连长表哥及那些兵哥哥们由衷的喜爱，

不是所有的情感都能被世人明白，不是所有的感动都能用言语表白，短短 18 天的相逢却凝聚了太多的关爱——

这 18 天里，我的心却和你们紧密地联系在了一起——（尽管我只在这里待了十天）

在这次军训中你们也许学到了很多，成长了很多，历练了很多，但同样，你们也带给我们很多，你们的努力、你们的热情、你们的活力展现了当代大学生的个性和风采——

2011 年 8 月 31 日是我和你们连长表哥相识＊＊＊天纪念日，我很高兴也很荣幸以这样的方式写下这样一篇文章作为我们相识＊＊＊天的纪念——

愿你、我，愿我们在《今夏的风》里成为永远的记忆和一辈子的回忆——

永远不会忘记 2011 年的夏天，你们带给我的这份感动，带给我们的这份激情——

愿你们在以后的人生岁月里一生有爱，用你们坚定的脚步，聪慧的才智，走出更加美丽、灿烂、多彩的人生！

祝一生平安，幸福美满！

因为丁盈和队友在"奔奔向前冲"的比赛中为彩虹九连抢到了一面小红旗，为女生连获得了荣誉。为了庆祝一下也为了给杨一婷践行，大伙就约定

晚上去欧尚吃火锅，当然前提是秦文军向领导请假领导能同意。

8月底的魔都依旧很闷热，出生于春天的杨一婷却特别喜欢有着大太阳的大晴天。她喜欢太阳的奔放、热情和阳光普照。领导给了秦文军两个小时在外的吃饭时间，说好了6点在正大门集合的，5点30分，杨一婷就整理好背包走出新图书馆。太阳还很好，放眼望去，傍晚的Y大学景色很美，静湖这里静悄悄，天空碧蓝，所有的绿树绿叶绿草都安然静好。路上没什么人，杨一婷向正大门的方向迈力骑去。

从欧尚吃完晚饭回来已快8点，杨一婷洗了个热水澡后就赶忙收拾衣物。丁盈被同事叫去吃夜宵了。杨一婷就把白天在新图书馆里写的那篇名为《今夏的风》的文章贴到了9连的贴吧里，忙完后看了会书就沉沉地睡去了。第二天清晨，丁盈把杨一婷送出校门，两人互道"再见"后，杨一婷就离开了Y大学赶往七浦路和来进货的贡青汇合。

　　回到小店还要整理货物，打扫卫生，忙了一天，杨一婷都快累趴了。生活又回归到了柴米油盐中，她把贴文那件事早给忘了。秦文军发过来的信息也没时间看，只到他晚上打电话过来她才意识到自己写的那篇《今夏的风》在彩虹九连里引起了不小的反响，这让杨一婷感到非常的欣慰。

　　军训结束后，秦文军带回了很多小礼物：有书签、书夹、小胸针、紫红色的保温杯……还有一件印有所有彩虹九连女生姓名的白色 T 恤。这些都是离别前同学们赠送的，真是无言的感动……最后秦文军还不动声色地拿出了一个粉红色的信封递给杨一婷，拆开来看，里面是一张粉色的有点厚的信纸，上面还码了字。

　　　　　　　　——彩虹九连于离别之际

　　敬爱的"萌萌哒"连长：

　　曾几何时，我们有一个关于大学的梦，梦里有湖畔的微风，有象牙塔的纯净，这梦染着金色的霞；曾几何时，我们有一个关于军营的梦，梦里有悠扬的歌声，有整齐划一的步伐，这梦映着绿色的光；曾几何时，我们有一个关于青春的梦，梦里有理想的色彩，长路的漫漫，这梦融着彩虹的影。

　　如今这梦已不再是梦，而是眼前的一草一木，是您的一颦一笑，是发生在我们身边的，改变着我们的一点一滴。

十四天的朝夕相伴，我们的生活在您的带领下就像每次列队行进时喊的"一二三四"的口号一般，变得那样单纯却又不失条理。不会忘记您指挥队列时脖颈上的汗水，不会忘记您帮同学们打扫寝室时笑颜的真挚，不会忘记您看着队列前方飘扬的旗帜时欣慰的神情，更不会忘记您因为训练劳累在联谊会上、晚会上疲惫的身姿，安睡的背影。

太多的难以忘怀，如潮水一般的伤感不舍无可避免地在此时涌上我们心头，我们是彩虹九连的姐妹们。与您一起度过的这个夏天，因为有您的悉心指导，有您的耐心陪伴，我们收获着青春最璀璨的星光，最耀眼的迷彩。

或许无法回味的感觉才是最美妙的感觉，我们会用心记住您那些听到就会肌肉紧张的口令，立正，稍息，齐步走，正步走，因为它们就如同一串串灵动的音符点缀着这个夏天最闪亮的日子。相信您也不会忘记我们，与您一起闹过笑过，挨过您训，夸过您帅的我们，戎装，素颜，军帽，彩带，在这里，我们留下了我们共同拥有的一切，泪水，欢笑，奋斗，追梦，在这里，记忆着我们一切不舍的情愫。

您看，我们此时一张张的如花笑靥。这个夏天，我们一起激情燃烧的青春，是历练更是征服，是勇气更是果敢，最真的相亲相爱静悄悄藏在我们每一次整齐踏下的脚步里。您听，那落地的鼓点便是我们共同的心跳。

让我们与你握别，再轻轻抽出我们的手，知道思念从此生根，浮云白日，山川庄严温柔。

让我们与你握别，再轻轻抽出我们的手，华年从此停顿，热泪在心中汇成河流。

渡口旁若找不到一朵可以相送的花，那就把祝福别在襟上吧，从此以后的每个夏天，当我们看到那抹迷彩时，记忆的洪流总会将我们带回到这个夏日。

情不知所起，一往而深。难说再见，情谊散，我心永恒。

彩虹九连全体女生

　　读完后是如此的温暖和感动。秦文军不忘俏皮一下："怎么样？写得怎样？"杨一婷满脸笑容，只说了一个字："赞！"她突然发觉也不光只有自己文笔好，这个时代有才情的女生真是多了去了……而且还可以那么优秀！

　　杨一婷后来一直把这封信保存着，因为这对他们来说是一份记忆更是一份回忆。

下篇

旁白：在这种站着，坐着，躺着都冒汗的天气里，各种暴晒，各种考核，从十八九岁到四十多岁，都是湿透的一身，都是黑乎乎的面孔，此乃火热的军营！

2011 年对于秦文军所在部队来说，注定是个既繁忙又紧张的一年。9 月初刚结束完上海 Y 大学军训任务圆满归队的秦文军他们按照上级原定计划，10 月中旬大部队将拉动去南方。

而此时 10 月的江南正值金秋时节，不冷不热，天气爽朗，景色宜人。山风吹在脸上，总有一种暖暖的带着丝丝的甜味。忙碌了一阵后的杨一婷喜欢山里这种温暖的仿佛伸手就能触摸到阳光的感觉。

然而临行的时日总是来得那么快。虽然早有心理准备，但真正到走的那天所有不舍、激动、想念（一股脑儿的）在内心奔涌。相对于一种固守的生命体态，杨一婷倒是更喜欢于富有流动的经历和体验的人生。

部队开拔那天，正是个和风暖阳的好天气，送行的场面隆重而热闹：军乐队、鼓手、鞭炮一个也不能少，走时送来时迎似乎已定格为这个团雷打不动的传统和习俗。留守人员和家属院的嫂子们早已自觉不自觉地站立在通往正大门的水泥直道两边，目送着一辆辆军车从自己面前驶过。团首长所坐的 001 勇士车打头阵，其他车辆按序尾随其后，场面甚是壮观。随着车辆缓缓驶出大门，鞭炮声响起……而在正道两边送行的人群中并没有看见杨一婷的身影。

杨一婷此时正安静地待在离"景观大道"不远处的香樟路上，注视着正大门的方向。这是一条可以一直通向部队后墙院林荫大道的笔直的柏油马路，越往后路面越宽阔，成为一个开放型的外八字。作为一个还未真正加入军嫂队伍的她来说，更喜欢在一个安静的地方待着，以自己的方式目送他们出行。一阵秋风吹过，两边的香樟树叶"沙沙"作响，零星的树叶缓缓飘落到地面，散发出一股淡淡的清香。

披着一袭乌黑长发的杨一婷，穿着条蓬蓬的半截牛仔长裙和粉白色的休闲鞋，清纯而淑雅。站在划有练习走方阵的横线上，不停地用脚来回地比划、反转、跳动。跳着跳着似乎想到了什么，她嘴角边会不经意扬起丝丝笑意：也是在一个立秋的晚上，秦文军第一次带她从这里走过时，就着昏黄的灯光，杨一婷对脚下划有斑马线的路面提起了兴趣，要求秦文军做标准的踢腿动作。杨一婷兴志满满的在一旁学：踢腿，脚尖崩直……由于用力过猛，把脚上的高跟鞋给踢了出去。"哈、哈、哈……"杨一婷完全没形象地蹲在柏油马路上大笑起来。秦文军赶忙跑了出去捡回鞋子，帮杨一婷穿上。在昏黄的灯光和婆娑的树影下，秦文军的脸庞已涨得通红。

不知从什么时候起，东面篮球场附近的营区宿舍窗口响起罗芒恒英文版的《好久不见》，优美的旋律，似乎比陈亦迅中文版的《see you again》更有一番滋味。

I walk these, Searching to find	我来到你的城市
The steps that we left behind	走过你来时的路
Your lonely eyes stare back at mine	想像着没我的日子
In pictures from that time	你是怎样的孤独
I hold my heart, closing my eyes	拿着你给的照片
I see your smile, lies behind	熟悉的那一条街
I this place, you entered my life	只是没了你的画面

我们回不了那天

你会不会突然的出现

在街角的咖啡店

我会带着笑脸　挥手寒暄

和你　坐着聊聊天

送走秦文军后，没有小小做伴的杨一婷在小城的生活就单一了许多：开店、学习、写作……当然还有贡青的陪伴。

同时，她和身处异地的秦文军开启了军人谈恋爱时特有的电话恋爱模式，难怪他们笑言：中国军人为中国电信和移动事业作出了巨大的贡献。杨一婷也从没感觉到寂寞，她的内心世界，她的精神追求永远是那么的丰满。（有时也会感觉到自己的不安分，有时也希望自己不做一个有灵魂的思想者该多好！）

闺蜜在贵阳过着她想要的安定又小康的生活。这也再次证明了那句话：选择什么样的人就选择了什么样的生活。

自从小小去贵阳后，两个发小就经常在 MSN 上保持着联络，再后来用微信互传照片和信息。朱小小早在年前（2011 年年底）就发消息说准备在 2012 年的 5 月在贵阳举办婚礼，并邀请杨一婷参加。

这是个 IT 业飞速发展的时代，国内电商兴起并开始冲击着传统门店。扎身于这行的贡青也紧随时代的潮流开起了网店。从最初的只有一两个游客到后来的购买收藏到点赞，小店的生意开始多起来，网店也促使了物流行业的兴起和发展。

这样贡青就越发忙碌了，忙着打包、回复。而对于开网店这事，杨一婷从开始就没打算参与。开店、学英语、写作之外，她已没有更多的精力和时间再去专注于其他的事情了。再说在体验了自己想要的生活之后，杨一婷似乎明白自己想要什么了。她也常会给自己一些心理上的自我暗示：拥抱更广博的天空。她从 Y 大学回来后对此越发清晰和明朗。

夏兰自从怀孕后就很少过问杂志社的事情了，安心在家养胎，重光则挑起了整个杂志社的运营和管理。杨一婷不想去打扰夏兰甜蜜的幸福，也不想因为自己文字的排版去影响他们追求商业化的改版和运行。因为杨一婷和夏兰、重光的观念是一致的：文字只有刻上商业化的标签才能突显在这个时代的价值。每当有情节和思绪在脑海中飘浮时，她都按捺不住写作的冲动，这一爱好也就成为她开店和学习闲暇之外的一种享受。

岁月静好，生活依然。秦文军的电话几乎每天雷打不动地如期而至。杨一婷也熟悉并习惯了与秦帅哥这种虽远犹近的恋爱模式。

　　小店开久了，杨一婷积累了些经验，也开始喜欢在店里把服饰从样式和颜色上自行搭配，慢慢地配搭出来的款式自有一番味道。因为是自家店面，小店面积不算紧蹙。杨一婷在收银台前方的左手边挪出了一个位置，摆上了功夫茶具，便于逛店的熟客来小店能喝上一杯茶。

　　春暖花开的季节，阳光明媚，莺飞草长的四月带来无限春光。忙碌了一周的杨一婷本想周六约贡青去森林公园赏花，却发现贡青的店门早早就已关上。这些日子，贡青的举止总有点异常。有时杨一婷去贡青那里询问缘由，她也总是环顾左右而言他。直到有一天有个男人拎着外卖到贡青店里，并给杨一婷送来一份关东煮和酸辣粉时，杨一婷才知道：原来贡青恋——爱——了。男的叫高陈，目测不到170厘米的身高，站在穿着高跟鞋的贡青身旁，似乎看不出高度。不过人长得倒算清秀，说话也和气。

　　"高陈，本地人口，职业类专科学校毕业，在开发区一家企业做技术人员，擅长画图纸。爸妈在城边做蔬菜生意。去年城东郊外扩建时，因拆迁分到两套房子。其中一套正好作为儿子的婚房。"晚上杨一婷买了熟食，在贡青出租屋里喝着养乐多，听阿青娓娓道来……正说着，脱了鞋的贡青赤脚拿来一瓶红酒，随手给杨一婷也倒了一小杯。摇晃着红酒杯，她对着杨一婷抿了抿嘴："看吧，再谈个半年，如果双方感觉不错就，准备把自己给嫁了。"说这话时，贡青的嘴角上扬，脸上泛起淡淡的红晕。

　　在杨一婷的眼里，贡青是一个实际的人。经过上段感情后，她需要一个务实的人给她一份踏实的生活，加上贡青的能干和精明，她的生活会过得越来越敞亮的。

聊完天回到家已快 10 点了，帮忙做饭和打扫的阿姨早已回去了。爷爷奶奶戴着老花镜在研究无烟艾灸，杨一婷帮着忙活了一会，待爷爷奶奶回房间后，便洗洗去睡了。

在江南小城待的时间越久，远离象牙塔的杨一婷恍然意识到不是所有的人都生活得阳春白雪，更多的是在市井中生存：平凡而又普通。

有了高陈，贡青她们进货方便了许多，更是多了一个帮手，虽然也要大半夜起床，但不用卡着时间去赶车，时间变得宽裕了许多。三个人进货的日子还真是热闹：啃过杂粮煎饼，吃过路边摊；大暑天喝过冰水，吃过爆爆冰。尽管有时连着每周一次的进货累得跟狗一样，但杨一婷每每回忆起在小城开店的这段岁月，都会心存感激。

　　粉色落地窗帘旁的台灯下，杨一婷披散着刚洗净的长发在看小说，台桌上放着奶奶刚切好的苹果……

　　因为晚上开完会要加班，秦文军的电话早在下午就打来说明过了。看了一会儿小说的杨一婷从冰箱里拿了杯酸奶来到阳台上：夜色很美，暮色苍穹已是星空点点，正是万家灯火时。发小朱小小已于五一在贵阳举办了她向往已久的婚礼；而身边的贡青在走出一段情感的灰色之后也已找寻到了生命中的另一半；准妈妈夏兰也已踏入人生的另一阶段，成了一名幸福满满的妈妈。

　　杨一婷自己在韦博英语的学习也已告一段落，时间最能告诉你的是一个人的人生轨迹和方向。而此时的她想寻求一个更高的起点。每每想到 Y 大学的人文和自由，想到丁盈欢愉地操着一口流利英语时的自信和奔放，心里就有一种重回北京继续深造的冲动。

　　而真正促使杨一婷回北京的还是后来秦文军某天晚上的一个电话。

　　那天晚上，杨一婷帮奶奶在擀饺子皮时，手机铃突然响起："婷，在忙吗？"语气听起来很是柔和。

　　"在忙着擀饺子皮呢！怎么了？"

　　"呵呵呵……我明天要去北京学习了，和你说一声。"

　　"是不是啊？"听到这个消息，杨一婷感到太意外了，兴奋地喊道："北京哪里？"

"总部啊，武警总部……"

"什么时候出发啊？"

"明天就走。"秦文军也明显兴奋起来。

"那真是太好了，先祝一路顺风！"

"好的，多谢吉言！"挂完电话后，奶奶眯着眼笑道："秦文军要去北京了？"

杨一婷羞赧地低头答道："嗯那——"奶奶接着问："想回去了。"杨一婷依旧低头答道："嗯那——"

"那顶多也只有半年时间啊？"奶奶接着问。

"嗯，先回去半年时间再说吧。店里一些衣物能处理的我会慢慢处理掉，还有一些我会放在贡青的店里代售。"

"嗯，这也好，自己想清楚了就去做吧。"奶奶鼓励道。

杜鹃知道杨一婷要回北京后相当高兴，特意把一婷的房间又重新布置了一下，知道秦文军来北京学习后，还不忘关照杨一婷有空把人家领回家来坐坐，吃个饭。

杨一婷还真是被杜鹃这 180 度的大转弯给迷倒了，真所谓"可怜天下父母心。"在秦文军去北京两个星期后，杨一婷也处理完店里的事情回到了北京。回北京的那天还特意捡了个星期天，谁也没告诉就通知秦文军在高铁站等自己。在北京学习的半年时间里，因为杨一婷，周末里秦文军没少跟领导请假。真是 N 久没来北京了，一下高铁站，杨一婷感觉到整个空气都新鲜起来，谁叫她是一个爱笑的女孩子呢，一见秦文军就露出了开心的笑容，难抑心中的喜悦。

一回来就带着秦文军去什刹海的稻香村买沙琪玛吃，她还是觉得稻香村的糕点最能代表老北京的味道……当然少不了前门大街上全聚德的烤鸭。在江南的时候，就听方华在电话里说过，旧鼓楼大街上开了一家西餐厅，叫西贡在巴黎，法菜和越菜兼有，价位也适中。因为被这家店名所吸引，杨一婷拽着秦文军在旧鼓楼大街上慕名找寻，一看店名果然是杨一婷喜欢的那种，方华还真是了解自己哪。店里的装饰和摆设让人倍感亲切，墙壁上的老照片讲述着年代的故事，温暖而浪漫。吧台里，调制果汁饮品的是一位帅气的外国小伙，在朋友的店里帮忙，却说着一口流利的普通话，北京腔调实足。

因为喜欢这家店的调调，后来杨一婷只要回北京有空都会到这家店来坐坐。

就这么一路逛下来，到家已是下午六点多了……

夕阳西下，黄昏中的北京开始如传说中的那般人潮涌动，车水马龙。试想，要承载 2 400 万的庞大人口基数，而做到忙而不乱，也难为这座千年古城、首善之都了。

50

电话打了 N 多个，杨一婷还算是准点到家的，秦文军坐地铁直接回单位。房间依旧打扫得窗明几净，被子、床单刚晒过，好久没在自己的床上睡了，双眼望着天花板四脚朝天地往上一躺，感觉是那么的松软。被套散发出阵阵阳光般的味道沁人心脾，惹人沉醉！

这次回来，杨一婷发现最大改变的就是杜鹃了，不是从脚后跟到全身的改变，而是内在思维和心态的转变。从节俭、古板到开通、豁达⋯⋯这次老妈还特地带杨一婷来福楼吃正宗的法式西餐，要知道原来能出来吃趟东来顺就是一种褒奖了。严格来说，老妈也不是地道的北京人，外公外婆都是河北廊坊大企业的工人，老妈和老爸一样，都是考学到北京的，应该说她是一个很努力的人。

话说回来，此次秦文军将在武警总部培训 6 个月，杨一婷就想利用回北京的这半年时间在新东方里把自己的英语水平再提高提高。也是因为杨一婷着实喜欢，这么多年都没放弃。杨爸也没再反对，再说一婷在选择专业方面也是迫于老爸老妈的压力才学的会计，只因那句"女孩学会计走上社会好找工作"而忽略了她自己的喜好。好在她一直没有放弃写作和语言，在大学里专业课平平，审计学和统计学学得也是云里雾里，但是演讲和朗诵倒着实为她带来了不少的荣誉。

于是，这么想着，杨一婷就在新东方报了课程，同时她受大学同学于洋的邀请，利用业余时间在于洋和他朋友合开的培训机构里打打零工。

秦文军平日里也都在学习和工作,只有周末才请假出来,晚上 10 点 30 分前必定赶回宿舍,毕竟是来培训学习的,军人的纪律是严明的。

在北京待久了,追求"随心自由"的杨一婷慢慢感到了"理想的丰满,现实的骨感"。"应届毕业"成为一块金字招牌,一想到当年自己拖着拉杆箱离开北京时的勇气和画面都不禁倒吸一口凉气,感叹自己"无知者无畏"的胆识和魄力。现今看着周边师弟师妹、学弟学妹们明晰的计划、光鲜的目标,面对师弟师妹少有的现实和成熟,杨一婷还真是有些汗颜。

不过"自由职业者"在现在有个更好听的名字就是"创业者"。追求不同,人生本就该不同。包容度,允许多元化,这才是文明社会该有的进步。

这次回来因为没有考试和工作的压力,杨一婷在北京的日子无比的开心和快乐。这不光是有爱情的滋润,更是因为北京这晴空万里的天气。比起江南的湿重和缠绵,她倒是更喜欢北京的干燥和爽朗。

51

后海，杨一婷一直都很喜欢。她对后海的喜欢正如百度对后海所描述的那样："后海，是一片有水而能观山，垂柳拂岸的闲散之地，岸上的民居和居民，周边的王府和名人故居更为她铺陈着京味和历史的无穷韵味。（在这里）依然能够听到秋日里清脆的虫鸣，依然能看见老北京四合院建筑群的缩影，依然能咀嚼那似乎早已远去的皇家遗韵。"

在后海，还停放着很多市面上都很少能看见的中国老牌自行车，如永久牌、凤凰牌。杨一婷会很惬意地骑着老式单杠自行车在胡同里扭来扭去。当然那些个自行车原没有现代的捷安特、山地车好骑，轻便，然而也正是这样的感觉才更接地气。

周末下午四点多，杨一婷约秦文军在后海见面，好不容易等到了从海淀区来的秦文军后，秦文军又开启他冷不冷的幽默："婷，你确认这里就是后海吗？没走错吧，怎么后海没有海啊……"杨一婷在旁故意嗔笑。秦文军说自己是一个很闷的男人，平日里工作繁忙的他，碰到节假空闲时就喜欢猫在宿舍里睡觉、看电视。出来玩也是陪君子读书，因为杨一婷喜欢后海。

他们沿岸朝着宋美龄故居的方向骑去……杨一婷喜欢美龄故居里静谧安宁的自然环境。这次来这里，她终于找到一个只愿推秋千不愿荡秋千的人。以前她和方华、林鹏来这里，总是杨一婷和方华猜拳互推，林鹏一个人闲逛，要不就是带本书坐在水泥台板上看书。他从来不荡秋千，不喜欢玩这种与他气质、情感不符的所谓幼稚的游戏。

夏日某个周六的晚上，杨一婷和秦文军从北大百周年纪念讲堂听完音乐会，悠闲地走在回来的路上，突然杨一婷望着秦文军很认真地说："秦哥哥，如果我现在和你说我还想出去读两年书，你会怎么办？""那很好啊，想读就去读呗！"秦文军似乎早有预见，依旧大幅度地摆动双臂，神定气闲地说："我等你呗！""你不急着结婚吗？"杨一婷追问道。秦帅哥摸了摸鼻子不忘卖萌："那要看你了，你都不急我急也没用啊！""哼，"杨一婷撇了撇嘴，佯装一副傲娇的模样。夜幕中留下两人远去的背影……

时间幽然，岁月静好。在总部培训学习的六个月时间即将结束，秦文军也准备打包回部队了。

秦文军归队后，杨一婷在北京多待了几日，因为收到林鹏的短消息说他近日会回国看望父母，知道杨一婷在北京顺便和她相聚。说时迟那时快，前天还在柏林的鹏子今天就已身在北京了。

在厂洼小区北外西校区的爱上层楼咖啡屋，林鹏和杨一婷面对面地坐下。好久没见了，这次回北京能见到林鹏，杨一婷还是满心欢喜的。真的是老朋友了，不见依旧会想念。林鹏更是开心不已。

林鹏依旧还是那么阳光，只是帅气中平添了几分成熟。

他调皮地问杨一婷："是想喝姜汁可乐呢还是柳橙汁？"

杨一婷笑了笑："姜汁可乐吧。"

林鹏感到很欣慰："还是喜欢在冷空调下喝热饮。"

杨一婷抿嘴浅笑。他俩彼此太熟悉了，犹如邻家大哥和小妹。

林鹏问："还在搞创作吗？"

杨一婷点头："是啊，还在写。"

"因为喜欢？"林鹏用水果叉叉了个色泽鲜艳的草莓给杨一婷。

"因为喜欢！"一婷接过草莓，两人相视而笑。

"那我希望你能成为一名快乐的写者。"

"快乐的写者？"

"对，你看过《追忆似水年华》吧。马塞尔·普鲁斯特写的。"

"知道啊，法国 20 世纪的大文学家。怎么了？"杨一婷喝着可乐反问。

"他为了写这部小说终身未婚，且绝友拒游十余载。我虽说非常敬佩大师的这种精神，但总觉得这样的写作太过于沉重。"林鹏边说边把开心果剥在盘子里。

杨一婷"哈哈哈"地笑开了："鹏子，你也太抬举我了吧，我可成不了什么文学大师哟！"

"那是最好啦，千万不要因为写作而脱离了社会。"

"有我老妈那样不停地鞭策我，我想逃离社会也不可能啊！"这时，林鹏看杨一婷的眼神越发地温暖和关切，这使杨一婷有些不自在。

林鹏觉察到了什么，微笑着取来桌边的便签和水笔，写下了一句英文："Does not belong to me, I will let go."随后贴到了粘满便签和照片的墙壁上。当杨一婷起身离开时，特意沿着墙边走过，寻找着那句话："Does not belong to me，I will let go."

——不属于我的，我会离开。

林鹏依旧很自然地往前走，杨一婷默默地打量着身旁的林鹏。鹏子的大气和包容让杨一婷感到惭愧。

杨一婷明白林鹏的良苦用心：做不成恋人还可以是朋友，或许从来都只是好朋友。

回江南的前一天下午，林鹏还约杨一婷和杜鹃，在学校体育中心打了一下午网球。杜鹃和林鹏还总是取笑杨一婷："恋爱谈得网球技术直线下滑。"

　　回江南的当晚，贡青特意为杨一婷接风洗尘，正好朱小小休假回来看望爸妈，三个好朋友就这样重新又聚到了一起。不同的是此时的她们不论结婚与否，都已是名花有主，各自美好。

　　贡青这次带她们来的是一家新开张的音乐人文餐厅，餐厅坐落在公园路的拐角处。餐厅老板娘很有个性，只做晚餐不做中餐。餐厅的外围挂了很多盆绿萝，整个餐厅的面积不算大，却装修得很生态简朴，给人一种静谧舒适的感觉。杨一婷就近观察了一下，整个房子分前后两部分，前半部分音乐餐厅，后半部分是个人唐卡工作室，前后也只有一墙之隔。这给餐厅平添了几分藏域气息。

　　三个好友多日未见了，此次相见自是有说不完的话。小店6点之后便有吉他老师的现场谈唱。伴着幽幽的灯光，一首李健老师的《贝加尔湖畔》听得如痴如醉。原来吉他弹唱也可以这样美！

　　"还真是好听……"贡青叉了块水果说道。

　　朱小小抿了口柠檬水接着说："苟且，也要有诗和远方。"一句网络名句惊艳了一旁的杨一婷和贡青。

53

在南方的大部队终于回来了，接到电话后的一刹那真是太激动了，杨一婷带着朱小小早早就来到了营区。偌大的红旗大道上只有零星几个人，随着时间的推移，留守人员的到位，准备工作的就绪，家属院的女人、老人、小孩也开始不断地往正大门的大道上涌过来。

朱小小领着杨一婷站在大礼堂前的广玉兰树下，兴奋得等待着，这里离人群稍远，但大门外的情景却看得很清楚。距离秦文军发出"很快就到了"的短信已过半个多小时了，还是不见车队的踪影。

正在无聊的边缘徘徊时，就突听人群中有人在喊："马路两边列队的注意了……"随即杨一婷转身远眺，看到前方大门外的景观道上车水马龙，一百多辆各式军车齐刷刷地正向这边驶来。第一次看到如此场景的朱小小感到甚是壮观。打头阵的依然是1号勇士车，载有官兵的大巴车、军用卡车、装甲车依次按序尾随其后。此时部队大门外的鞭炮声响起，军乐队开始奏乐，热烈庆祝大部队凯旋而归。留守人员夹道欢迎，车队在大道上缓缓驶过并开始慢慢停留……之后载有官兵的大巴车往各基层连队驶去。

杨一婷正看得出神，电话铃响了，"一婷，看到我没有?"秦文军在电话的那头激动地笑道。

"没有呢，你在哪儿?"

"我在第三辆大巴士上，有事待会儿见!"

"好的。"刚挂完电话，朱小小就拽着杨一婷说："你看那，还有人送鲜花呢!"

杨一婷顺势望去，正看到团长夫人在两三个嫂子的簇拥下，手捧着百合花，面带羞涩笑盈盈地向站在勇士车旁的南团走去。这种场面对于南团来说太不足为奇了，众目睽睽下南团很大方地接过鲜花，还单臂给了嫂子一个紧紧的拥抱。

在旁一直观看的朱小小也是醉了："哈哈，都40多岁了还可以这么浪漫啊!"

杨一婷瞄了一眼身旁的朱小小："那是，谁说军人不浪漫？现在知道军人的浪漫了吧。不过在我看来浪漫和年龄、财富没有毛关系，这是一种生活态度。"

朱小小耸了耸肩，感叹道："但愿我们都能在现实的社会中深情地享受浪漫……"杨一婷甩了甩手臂，仰望天空，附和道："是啊，希望我们都能不受别人的影响，深情的凝望着这个世界。"

因为刚回到营地，部队里很是忙，杨一婷带着朱小小还是照旧来到士官楼。一年多没见了，小广西依旧还住在这里，同样是今天当士官的爸爸要回来了，显得特别兴奋。秦文军又来电话了，叫杨一婷她们先在那里坐坐，等他忙完了就赶过来。

这一等就等到夜幕降临、炊烟四起，才把秦文军给等来，不过好在秦文军早就叫人在部队外的农家乐点了菜送过来。于是乎，事隔一年多后再回部队的第一顿饭就是和小广西家在隔壁厨房拼桌吃的。这让一同来的朱小小深深叹息到：若不是有深厚的情感或是浓郁的恋军情节，有多少都市的姑娘会愿意如此隐忍和等待！军嫂永远都是应该大写的称谓。

"叮铃铃……"听到自行车的铃声，便知道是秦文军赶来了，他三步并两步的一会就迈上了三楼。一见面就是满眼抑不住的笑容。朱小小首先喊道："好久不见，我们的秦大帅哥还是那么的帅啊!"

秦文军被朱小小调侃，面带羞涩："帅啥呀，也就是对得起观众的水平。"接着转身对杨一婷说："不能让杨一婷掉链子。"引得众人大笑。

杨一婷随即把话接过来："当然，那是必须的。"

秦文军顺手摸出一把钥匙递给杨一婷："这是给你的。"

杨一婷和朱小小几乎同时问："这是哪里的?"

"刚和领导申请的，士官楼 308 的钥匙，你住这里的时候钥匙归你管，你走之前再把钥匙给我，我再登记上交。"秦文军解释道。

杨一婷笑着接过钥匙，内心一片温暖：她可以不用再住在农家乐的招待所里了，只是她还没有正式加入军嫂的行列，她有自己的独立和自爱。住在这里刚刚好。

金秋时节，窗外月光皎洁，凉风习习，隔着纱窗能听闻树林中的虫鸣声。

简简单单的一间屋，一张 1.8 米的单人床，一个挂衣柜，一张办公桌，一把椅子，似乎已是房间里的一切。也正是这种寂静和没有调和的色彩让杨一婷和朱小小很享受，生命如果可以过得很简单又何必要复杂。（不用金钱来衡量一切，人可以活得很纯粹。）

秦文军从隔壁共用厨房里打来一壶水，又从别屋搬来两把椅子，三个年轻人随意嗑着瓜子。

这里远离营区，靠近机关大楼。整个楼道里也没有住几户人家，晚上非常安静。准备就寝前的音乐响起，秦文军立马起身搓了搓手，裹着大衣快速离去。

知道刚回来的秦文军忙得实在抽不了身，没空来陪自己，于是第二天一早起床后，杨一婷和朱小小便踏上了回城的路……

江南山中的景色真是美得让人窒息，一眼的山湖秋色，浓郁至极。朱小小和杨一婷承吸着金钱都买不到的负离子，驾着那辆红色小 POLO 一路开回了城里。

小城生活依旧……

朱小小因为假期的原因待了一两个星期就回了贵阳。恋爱中的贡青是幸福而忙碌的，作为试水性质的网店要比想象中的好，在网络的助推下，实体店的生意越来越红火了，她也成为电子商务的早期受益者。

自从秦文军回来之后，杨一婷就多了一个可以去的地方。虽然不是经常去，但随着时间的推移，她慢慢融入并喜欢上了那里的环境和生活。不管是做军嫂还是军人女友，更多的还是享受孤独，而正是这份孤独，才使杨一婷能有更多的时间和精力在追逐梦想的轨迹上继续前行。

杨一婷的小说写起来也没有想像中的那么顺畅，有时忙起来，累了、浮躁了，会尘封个好几天才动笔写两个字。

虽说是写写停停、停停写写，但一直还在继续。不论是在杜鹃的眼中还是在杨建平的眼里，写作只能作为精神世界的一种爱好和消遣，不能拿这种耗时间的爱好当饭吃。也许这正是当初杨一婷远离北京只身来到江南的原因所在吧。只是在江南生活了几年之后的杨一婷此次从北京回来，慢慢对自己的未来有一种更为明晰的认知和规划。她也不知道，是自己开始成熟了呢？还是更接近现实了。作为一名母亲，杜鹃希望自己的女儿能早日稳定下来，不要整日想入非非，而杨一婷却不想把自己的思维一直禁锢在这一片山一片水之中，她想趁美好的年纪游历更广阔的天空。只有在经历过自己想经历的，看到过自己想看的风景后，才会不盲从，不攀比，不迷茫。这是她认为的。

一转眼，已是小城的冬天。

江南山里的冬天是异常寒冷的，一些北方来的嫂子都很不习惯这种没有暖气而又湿冷的天气。有时冻得感觉双脚都不是自己的。于是乎家属院的房间里热空调、取暖器，能开的都开上了。而营区里更是空旷，在寒冷的冬季，树木凋零，草木枯黄，只听见北风呼呼地刮着，站在楼道口有种四面透风的感觉。

夜间在连队楼道口值班站哨的士兵，裹着军大衣，套着冬靴，一两个小时站下来，手脚都麻木了，嘴唇酱紫酱紫的，寒风刮在脸上就如同刀割一般。即便这样，不论刮风下雨，士兵们每天5：30起床号一响都要准点起床满场跑步，有时睡得不踏实，也总能在黑乎乎的天空下听到："一、二、三、四、一、一、二、二、三、三、四……"的口令声。

这个周末的阳光很温暖，八九点的时候，天边的霞光漫过营区，1号士官楼后面的草坪地上的积雪随着阳光的照射，也开始慢慢消融。

这两个星期，秦文军等一众官兵都在师部学习，不在团里。秦文军对杨一婷说，如果想找个清静地看书的话，可以来这里。这里很安静不会有人来打扰你。于是，杨一婷就来了。

碰巧，袁超的女友放假也来到这里，住在士官楼底楼的最东面。中午，杨一婷一人在士官楼的寝室里泡了碗泡面，外加两根香肠和一包榨菜丝，自由的美味瞬间通透了全身，吃得是那么的惬意和满足。大冬天的，关上门房间里是那么的阴冷，杨一婷拿出了带来的取暖器，泡了个热水袋，便美美地躺下睡午觉了。一觉醒来已是下午两三点钟，小广西的妈妈来敲门，约一婷出去走走。于是乎，杨一婷和小广西的妈妈带着小广西在香樟路上闲逛着……

冬日暖阳下只要没有风，穿暖了在外走走还是蛮舒服的。她俩逛到营区八连菜地旁的小池塘边，碰巧袁超的女朋友也在这里，于是三人带着小广西一起往草场的方向走去。远远望去，跑道上团长和嫂子也在踱步，越走越近，与杨一婷她们迎面而来。年轻人同时向团长和嫂子打招呼，对方也频频示好，看着这些年轻的后辈们笑意盈盈。回望团长夫妇的背影，袁超的女友唐周周不禁感叹道："……夫唱妇随哪！"这一感叹让小广西的妈妈开启了家属院式的八卦："任何一种持久的幸福就如同追求成功一样，都是需要付出的。团长和嫂子都是福建永安人，那时候的交通还很不方便，婚后第一次怀孕流产后嫂子很自责，养好身体后毅然放弃了工作只身来到这个陌生的地方，就像很多随军的嫂子一样，在部队怀孕生子，陪伴自己的丈夫，照顾自己的小家庭，看着孩子慢慢成长……"

走在一旁的杨一婷禁不住吐了吐舌头。唐周周都有点不好意思了："怎么感觉选择做军嫂是那么伟大的事情呢？"

小广西的妈妈居然笑起来："美女们，做好心理准备哦！恋爱时的聚少离多可能感受到的是一种浪漫和激动，但婚后特别是有了小孩后会涉及很多现实的问题。"

当听说小广西的妈妈——于晓蓝还是广西大学英语系毕业的本科生时，杨一婷和唐周周不禁大跌眼镜："本科生做全职妈妈是不是太过奢侈了，哎，真是感觉学历越来越不值钱了！"

这下反倒让于晓蓝感到诧异和不满："杨美女，原来来自帝都的你也是如此的俗气和保守啊！"杨一婷一时语塞，不知所云，倒是一旁的唐周周反问："这话怎么讲？"

"自我学识和学历一定要用一份体面的工作来证明和衡量吗？这已是一

个多元化的社会，自由职业者、创业者、家庭主妇、全职妈妈都是时下时尚而又让人尊敬的职业。"

　　杨一婷和唐周周同时吐了吐舌头互望彼此，其实杨一婷在内心里是非常认同于晓蓝的观点的。只是她的梦想在远方……

　　秦文军在师部集训一时半会也回不来，杨一婷在部队待了两天散了散心之后，就整理好衣物，准备明早一早就回城里开店。夜深时分，正当大伙熟睡中时，杨一婷的手机铃声和房门几乎同时此起彼伏地响起，一边应答一边起身的杨一婷恍惚中打开房门，瞬间刺骨的寒流迎面袭来，冻得她不禁打了个冷战，反倒清醒许多。于晓蓝穿着棉衣棉裤，泪眼婆娑地站在门口。下午还好好的小广西深夜突发高热，他的士官爸爸此刻也在师里参加集训，根本联系不上。杨一婷快速穿上衣服拿好包包并叫上这个点还在房间看网剧的唐周周，三个女人抱着个小孩风风火火地往城里医院赶去……

　　深冬深夜的山里漆黑一片，冰冷冷的寂静得深沉。杨一婷载着她们行驶在回城的路上格外小心。到达市中心医院后，杨一婷就把她们放下去，再找停车位。唐周周跑去急诊室给小广西挂号。还好今晚儿科急诊的人不算多，略排了几个号后就轮到小广西了，验完血后确定是病毒性感染。等杨一婷找到停车位停好车赶来时小广西已准备挂点滴了。深夜山里的冷风早已把于晓蓝眼角的泪水吹干。依旧穿着棉袄棉裤的她双手抱着正在打点滴的小广西坐在长椅上，她的脸贴着小广西的身体，虽然她自己已经很累很累了，但她早已无暇顾及，直到把哭闹的小广西慢慢哄入梦乡，三个人的心才算踏实下来。而在一旁的唐周周着实被吓到了，沉默了许久才开始说话："一婷，经过这遭之后我已不想再随军了。其实袁超说得对，我的性格和脾气不适合随军。在家里拿着一份说多不多说少也不少但还算稳定的工资，生活上有爸妈公婆照应着比较轻松。来到这里一切都要重新开始，我不知道自己是不是能够适应？"望着身旁很是沮丧的唐周周，杨一婷露出了无奈的笑容："这都是需要勇气的。"

离老兵退伍的日子越来越近了。随着这些年与秦文军及那些战友的接触，她越来越了解并喜欢上了这个群体，她发现在他们这群人的身上有太多的故事可以去书写和感受，以至于她不愿意错过任何一个可以参与的重要时刻。

在她看来，有故事的人生是那样的充满活力和色彩。

这些天，她也不忘和店里常来的老顾客交待了一下时间。23日中午杨一婷开了一会儿店门后就和贡青打了声招呼，整理好东西，便开着她那辆新买的红色 POLO 往秦文军所在部队的方向驶去。

从不懂、亏本到后来的持平，盈余，慢慢也积攒了些许钱，虽然这一路走过来有些艰苦，但日子却过得非常的充实和自在。

通往秦文军所在部队的那条路是一条美丽的景观路线，被取名为"旅游风景1号线"。

行驶在这条旅游风景线上，聆听着理查得·克莱斯曼的钢琴曲，杨一婷有一种时光交错的感觉，仿佛如某部偶像剧的女主般驾车在风光旖旎的冬日时光中穿行……

约摸一小时后，杨一婷终于把车稳稳地停在了连队门口，此时的秦文军手里拿着对讲机站在门口寻望多时了。一见杨一婷就满脸欢喜地上前开车门，习惯性的拿过手提包快步往办公室走去……

下午秦文军和袁超要去团里开会。杨一婷经允许在四楼接待室里睡了个午觉后出来晒太阳。这时她才发现整个楼道里都空荡荡的，原来楼里的人都去操场训练和劳动了。没有人，杨一婷无比的自在，摇摆着双臂悠闲地从楼上走下来。才下午 3 点多，连队的食堂里就忙活开了，一帮大男孩们围上围裙，戴上厨师帽，俨然一副宾馆大厨的模样。唯一不同的是在白色围裙下迷彩服的绿色时隐时现。

此时的食堂是连队里最欢快的地方。为了排解枯燥，战士们会把在网上买的一种叫"不见不散"的随身听放在不锈钢的台桌上或是绑在窗台旁，他们听的都是一些节奏感强、音色高亢、个性十足的歌曲。伴着厨房里的切菜声、炒菜声……一并"播放"。

深冬时节，没有太阳的时候山里的温度就会骤减。不管是位于四楼的接待室还是远于家属院的士官楼都没有安装空调，只要没有太阳房间里就会异常阴冷。每当感觉很冷、无聊的时候，杨一婷就会泡上一杯热气腾腾的奶茶，坐到连队餐厅里看看英文小说或帮他们打打下手。因为整个连队就食堂有一台立式空调。

今天晚上有晚会，吃饭时间提前了半个小时。快到饭点了，整个楼层开始活跃起来。在外出公差的人也差不多都回来了，炊事班的饭菜已准点按序摆上了桌。此时秦文军和袁超也从警务室走了出来，杨一婷来到了连队门口。

秦连长向三排排长高晓飞示意了一下，伴着一声长哨响，高排扯着嗓门喊了一句："开饭啦……"瞬间，整个楼层都开始震动起来。铿锵划一的脚步掷地有声，如同潮水般向楼道涌去。

在"一二一，……"的口令下，他们很快列队齐整地站在连队正门前开始唱军歌。唱歌是每次开饭前必备的仪式。每到这时，站在空地上的秦文军都会故意逗逗杨一婷，看上去她听起来总是那么认真："你听得清他们在唱什么吗?"杨一婷也会有尴尬的时候，不好意思的笑道："还确实听不大清楚。"此时的秦文军语调有些得意："听不清那就对了。"

想想也确实，站在她面前的是一群来自五湖四海的年轻人。普通话的标准、高度都不同，有的还掺夹着浓郁的地方口音。虽说是唱出来的军歌歌声嘹亮，有些人甚至是扯破嗓子在吼，但细听歌词还真是模糊得很。最后一首《严守纪律歌》唱完，指导员袁超便交代了一下饭后晚会的时间、集结地点、注意事项后就宣布开饭了。依旧是有条不紊，以整齐划一的步伐小跑步进入餐厅，一个班接着一个班开始打饭。

吃饭的时候是不准出声的，而且杨一婷不止一次地发现袁超和秦文军两人吃饭的速度相当快，这边一碗饭还没吃完呢，他俩第二碗饭已下去了一半。据他们说这是在军校里养成的习惯，若吃慢了就打不到饭了。一个湖南人，一个江西人，只要有辣椒酱，即便没有菜，他们俩都能辣椒拌饭吃下两碗。高排是山东人，馒头就大葱是他的最爱，南方的馒头不比山东的，个小、量小，他一口气就能吃好几个。没一会儿他们几个都吃完了，就剩下杨一婷和副连长陈洋了。陈洋是上海人，家境不错，吃起东西来比较细致。杨一婷虽说是生在江南但在北方长大，一直觉得上海男人相比北方汉子有点娘，不过有一次在大伙谈到未来小孩教育问题上时陈洋的发言却改变了杨一婷对他的看法。陈洋说小孩是不打不成器，从小绝不能娇宠和放纵，也就好比年轻人不要在本该奋斗的年纪选择了安逸是一个道理。只是短短的一次无意间的谈话，那句"不要在本该奋斗的年纪选择了安逸"在杨一婷的心中深深地扎了根。

　　在去大礼堂看"送老兵"晚会的路上歌声此起彼伏，每个连队都在拉歌中前行，那歌声一浪高过一浪，仿佛都要唱出每个连队的气势来。那早已不是在唱歌而是在吼歌。杨一婷和其他连队的家属们尾随其后。等所有官兵都入场了，她们才从后门进去……

　　晚会准时开始了，据说这是团里建团以来第一次举办的"送老兵"晚会，杨一婷的心境和在场的很多人是一样的：激动又好奇。

　　晚会一开场就以一段自做的视频抓住了人心，看得人血脉贲张，短短十分钟的视频，让不少官兵眼睛红润，好多老兵都用很爷们的方式抹掉眼角的泪水：一群奔跑的年轻人在大太阳下汗流浃背负重前行；雨天打靶；夜间操练；在泥地里摸爬滚打；在烈日下站立军姿。视频的最后，英雄连队的一群年轻人穿着迷彩服高举着大旗向镜头前跑来，边跑边高喊："人在，军旗在……"瞬间整个礼堂掌声雷动、经久不息。杨一婷同身旁一位年轻军嫂的手紧紧握在了一起，眼角不禁泛起泪光："这就是青春，这就是信仰，这就是力量！"

　　整场晚会都以情感为主线，质朴、真实、青涩而又青春洋溢……

　　晚会结束后，杨一婷返回士官公寓，今晚她将在这里住下。因为明天晚上各个连队还有欢送老兵的茶话会。杨一婷当然不愿错过，在她看来真正的幸福是一种生命的体验。

　　每次来部队，杨一婷都会带好多零食过来，这次她又带了一大包薯片、鸡味圈、话梅，巧克力、蛋糕卷、水果……无聊了，饿了，码字码累，她就会开始不断补充能量。

59

11 月 24 日的早上，天气不错，朝霞满天，红红的太阳虽然没有什么力度，但也把天空映衬得干爽明亮。为了能睡个安静的懒觉，杨一婷昨晚就和秦文军说好早上不要送早饭过来，手机也调为了静音。可是没想到八九点钟的时候杨一婷的房门还是被敲响了："咚—咚—咚—"声音一下一下地不连贯，但响了好久。

杨一婷满心的郁闷："妈呀，谁呀，知道我昨晚午夜才躺下吗？"她不得不披了件大衣睡眼惺忪地打开了门，原本平视的眼神一路俯视下去。原来是住在隔壁 302 的小广西，今年刚 3 岁，手里正拿着用报纸糊的棒子冲杨一婷笑，小广西的妈妈于晓蓝在走廊的不远处看着他，一见到杨一婷就问："还没吃早饭吧，我刚做好，自己摊的鸡蛋饼，过来一起吃吧！"

"晓蓝，不用了吧，怪不好意思的，还是你们自己吃吧。"杨一婷推脱道。

"这有啥不好意思的，都做好了，就一起吃一口呗。特意过来叫你的。"盛情难却，杨一婷洗漱了一番便随于晓蓝去厨房吃早饭。

士官公寓楼的厨房是两家人家共用一间，有的会把做好的饭菜拿回房间吃；有的则会在厨房里用餐。

厨房收拾得很干净，浅蓝色的饭桌上摆好了早餐，鸡蛋饼的葱香味早就扑鼻而来，还有刚蒸好的发糕和小米粥。望着这个比自己大不了两岁的年轻妈妈，杨一婷真是汗颜。

11 月 24 日这一晚终于要到来了，对于即将退伍的老兵来说，这将是既激动又兴奋、既难忘又不舍的一晚。下午，杨一婷化了一个淡妆，4 点一过就兴冲冲地往连队赶去，因为早就听秦文军说过今晚连队大聚餐，餐后每个连队还要各自举办送老兵的茶话会。

红彤彤的太阳慢慢西下，余晖照亮了大半边操场。连队的食堂里早已是热气腾腾……桌上的东西已摆放整齐，按规定一桌 15 道菜，外配大筒的雪碧、可乐和橙汁各一瓶。炊事班的辛苦可想而知。杨一婷也没有闲着，帮着他们一桌桌摆放不锈钢碗筷……室外三排排长一声长哨："开饭……"顿时，整个楼层都震动起来，士兵像开了闸的水快速向楼道口冲去。

晚饭按点准时开动，气氛却要比平时浓烈的多，开吃没多久，就见有桌士兵都站立起来用饮料代酒，碰杯大喊："干——干——干——"紧接着一桌接一桌，此起彼伏……吃到快半的时候，每桌班长带队轮番走到秦文军和袁超所在的主官桌边开始敬酒：由衷感谢这些年的相处和教导。吃得正 Hing 时，听说政委马上要过来，秦文军和袁超双双到连队门口迎接……

聚餐完毕，18 点 40 分，连队的茶话会开始了。学习室里的桌椅都沿边围成了一圈，看着摆放整齐的瓜果和干果，杨一婷仿佛回到了 20 世纪八九十年代的大学校园。

学习室墙上挂的两个超大显示器上已经在播放歌曲，爱唱歌的年轻小伙都拥在前台抢着麦克风拉歌，直到秦文军和袁超都走了进来，学习室里立马安静下来。袁超淡定地走到前台拿起了麦克风，夹杂着湘潭口音的普通话在整个学习室里回旋："亲爱的战友们，今天是你们在部队的最后一晚，希望你们都过得开心，同时也真心希望你们出去以后能永远记住这里，不忘你们是从八连走出去的，不忘你们永远都是八连的一个兵。下面，我们有请连长为大家说两句，大家欢迎！"

顿时，掌声四起，秦文军此时已站在台前。看到台上的秦文军，杨一婷总是忍不住想笑：明明都是 20 来岁的大小伙却要装出一副严肃、认真的模样，和袁超相比，秦帅哥的口才还真是一般呐，感觉没啥文采，干巴巴的，一板一眼。几句话说完后又是掌声四起。

说完，袁超接过话筒，没给秦文军任何提示，就说："下面由我来主持，先让连长来热热场，怎么样？"又顿时，"哗啦啦……"掌声一片，台下开始起哄："连长，婷姐来一个，连长、婷姐来一个……"秦文军把脸凑了过来，不好意思地问："唱不唱？"杨一婷大方回答："可以。"这时三排排长一个贯步跑上前："连长，歌已帮你选好了，付笛生和任静的《知心爱人》。"

秦文军不禁憨笑："哈，这不是霸王硬上弓嘛？"于是，他望着杨一婷，杨一婷没有推脱，尾随其后快步走上台前。

其实平日里她很少K歌，止多也只是喜欢听歌而已。自然是拿捏不准喽，歌词不熟不说还总不在调上。秦文军则不同，虽说普通话和咬字都不标准，但当兵的人底气足，放开唱，吼上两句还真那么回事。《知心爱人》被杨一婷唱成了平音，到后来自己拿着话筒笑得都唱不出声来。即便这样，台下掌声也会稀里哗啦地响起。

一曲唱毕，杨一婷的脸颊阵阵发烫，她为自己刚才拘谨的表情感到不好意思。秦文军也对她皱了皱眉头。

接下来，袁超、连队的老连长、士官标兵……一一上台高歌了一曲。杨一婷坐在台下嗑着瓜子安静地当个观众。无意间，高排来到她身边："婷姐，要不再唱两首，增加点气氛。"

"再唱两首？"她咬了咬嘴唇若有所思："这样吧，我给大家来首诗朗诵吧，如果可以的话？"

"诗朗诵？"高云飞定睛看了看杨一婷："好啊，那肯定很有意思，老唱歌也太闹了。"

秦文军刚意识到什么想走过来询问的时候，杨一婷已经拿着话筒微笑地站在了台前："在这个特殊的夜晚，我的内心非常感动和温暖，能和大家相聚在这里是一种缘分，在此我为大家朗诵一首汪国真的诗《热爱生命》，希望你们能喜欢，也希望在以后的人生长河里你们能记得今天这一晚，记得在这里度过得每一段青葱岁月。谢谢！"此刻，她也完全把自己的情感释放开了。

热爱生命

汪国真

我不去想是否能够成功，

既然选择了远方

便只顾风雨兼程

我不去想能否赢得爱情

既然钟情与玫瑰

就勇敢地吐露真诚

我不去想身后会不会袭来寒风冷雨

既然目标是地平线

留给世界的只能是背影

我不去想未来是平坦还是泥泞

只要热爱生命

一切，都在意料之中

　　杨一婷平时给人感觉虽说比较甜美，但不说话保持沉默的时候又很清冷和安静，没想到她朗诵起诗歌来情感是如此的充沛，台风大气而从容，以至于在朗诵完片刻沉寂后学习室才爆发出雷鸣般的掌声……而这一场景被赶来看望八连士兵的政委看到，他也被杨一婷的朗诵感染了，不禁带头鼓起了掌。政委是闽南人，普通话不标准但口才是相当的好，正如他所说："我始终不忘我是从八连走出来的一个兵，所以每年老兵退伍时我都会来八连看看，……"而政委的一席话也把整个茶话会推向了高潮。

　　"铁打的营盘，流水的兵。"部队有铁的纪律，营区晚上 9 点半熄灯，茶话会 8 点 40 分就要结束，只听指导员袁超走上台前邀大家最后集体唱首歌，大家不约而同地点了首庞龙的《兄弟干杯》，俨然一首男生大合唱。杨一婷坐在后面，唱到高昂处她不禁按下了录音按钮，只想记录下这激昂的"青春之声"……一曲唱完了久久不肯散去，接着又唱响了第二遍：

"今夜晚风吹，

今宵多珍贵，

兄弟相聚是幸福滋味

笑容与泪水

从容面对

把酒当歌笑看红尘我们举起杯

今夜歌声醉

今夜月儿美

放飞梦想难得几回醉

好酒没有过

拥抱的滋味

今夜我要痛痛快快陪兄弟干杯

看吧兄弟五星红旗迎着风儿飞

　　多少苦累不后悔

　　让失败化成灰

　　来吧　兄弟们都举起手中的酒杯

　　好兄弟干一杯　我不醉不归

11 月 25 日是老兵退伍日。翻开杨一婷的小说日志，这一天她在日志中这样写道：

"天还蒙蒙亮的时候，我已被营区的号角和口令声从睡梦中闹醒，打开窗户，外面的空气很清新，天空淅淅沥沥地飘着小雨，操场上士兵们正在冒雨跑步，铿锵有力的脚步声和口号声响彻整个营区……今天是 11 月 25 号，每年一度老兵退伍的日子，对于这些即将退伍的老兵来说这将是他们最后一次在这里晨跑。

我打着雨伞走在湿湿的林荫道上，路边朦胧的灯光，越发让人觉得静寂和感伤，偌大的一个营区如此空旷，送别退伍老兵的大巴车早已静候在庄严的大礼堂外，"解甲不解志，退伍不退色"的横幅贴满了车厢，礼堂传来激昂的声音。外面的小雨依旧淅淅沥沥的下着，我们这些送行的人就在外面痴痴地等，我站在一棵高大的广玉兰树下，宽厚的树叶，帮我遮挡着雨水，我和另一位从上海赶来的嫂子就这样在广玉兰树下边等边交谈着，

等了许久，他们终于陆陆续续走了出来。此时的他们已摘下了帽徽和领章，眼圈通红，有很多曾经的战士已是泣不成声，有的和他们的班长、连长、指导员抱团哭泣。他们有条不紊地开始上车。我踏过草丛往大道赶去，这是通往部队正大门的路，此时道路两旁已站满了送行的战

友，大门口军乐队开始奏乐，鞭炮噼里啪啦地响起，载有退伍老兵的大巴车一辆辆从我们面前驶过，有往杭州方向的，有往常州方向的。当载有五连老兵的车从我面前驶过时，有个年轻军官轻声喊道："准备好了，敬礼！"只见身边年轻的兵们唰地一下举起了右手，车窗里小伙们站起身，回敬了他们人生最后一个军礼，此时的他们早已泪流满面。有道是"男儿有泪不轻弹，只是未到伤心处"，我的眼圈也浸润了泪水。当我环转着眼珠，试着不让眼泪掉下来的时候，侧身看见在我身旁的那位年轻军官俊朗的脸上挂着两行清泪，只见他低下头不停的拿手拭去脸上的泪水，轻声抽噎……大巴车一辆辆往大门口驰去，欢送的鞭炮声噼里啪啦的响着，直到最后一辆车驰出大门，送行的人们才开始慢慢散开，而军乐队依旧还在打着拍子奏乐。

都是一帮 85 后、90 后的年轻人，谢谢你们带着这样一份爱军情结来到军营，谢谢你们在这里无悔地奉献着你们的青春，

请记得这里——有你们的第二故乡

亲爱的兵们，一路顺风！"

　　有些感动是说不出来的，送完老兵后，秦文军被安排带了当年的新兵。带新兵是件颇为辛苦的差事，担负着很大的压力和责任。在新兵连的三个月时间里，连主官都是一律不准外出的。

　　深冬腊月，当杨一婷第一次去刚组建好的新兵一连看秦文军时，除了感觉新奇和陌生之外就是一个无法形容的"冷"字。傍山而居，营区的风很大，"呼—呼—"地吹，手脚都冰凉的。她只能一直拿着一次性纸杯倒热水取暖。通讯员看到了这一幕，便快速从楼上的宿舍里取来了橡皮水袋，装满了刚烧开的水，当他把一个圆鼓鼓、热滚滚的水袋塞到杨一婷手里的时候，那份惊讶和感动让她从手暖到心里。

　　走在过道和长廊上时，总会遇到迎面而来或擦肩而过的新兵，他们中会有人主动叫杨一婷一声："嫂子。"每当这时，杨一婷总是露出尴尬又羞涩的笑容。而秦文军总是忙不停地解释："还是女朋友，还是女朋友……"杨一婷为了避免尴尬，让那些小新兵们称呼自己为"婷姐"，于是乎，"婷姐"的称呼就在新兵一连里叫开了。

　　傍晚时分，太阳已落山，天气越发地阴冷，穿着雪地靴的双脚已冻得麻木，使得杨一婷不自觉地在房间里走来走去。江南的湿冷确实不比北方的干冷来的舒服，没有暖气，没有空调，只听得见北风呜呼的声音。时间稍稍一长，有些从南方来的士兵手上都会开始长冻疮，好像从没长过冻疮的秦文军这年两耳朵上也长满了冻疮，又痒又疼很难受。

当她再来到新兵连，已是两个星期之后了。这一天的天气很好，风轻云淡，红红的太阳照射着大地，非常的舒适和温暖。被洗刷得一尘不染的大理石地面上倒映着明晃晃的影子。警务室的门虚掩着，走廊里静悄悄地空无一人。

杨一婷小心翼翼地推开警务室的大门，秦文军和张宏亮都不在。杨一婷在秦文军的位置上坐下。秦文军的抽屉并没有上锁，她拉开抽屉，拿出堆放在笔记本下的蓝色文件夹，打开文件夹封面内侧插着一张信纸，那信纸是从本子上撕下来的，纸条上歪歪斜斜地写着一段话：

> 亲爱的连长：
>
> 请让我再一次这样的称呼你，今天我本不应该哭，本不应该在外人面前给你丢面子，可是我抑至不住自己的感情，我爱这身军装，我爱这个军营，能当兵是我的梦想，但因为身体素质的原因，我不得不离开这里，连长我回去了，请代我向指导员和战友们说一声再见。祝连长能在以后的军旅生涯中越走越远，不忘初心！祝连长和婷姐能早结连理，生活美满！连长，我走了，但我还会回来看望你们的，不论我走到哪里，我都不会忘记曾经是你手下的一个兵！
>
> 战士：俞兴文

当杨一婷看完这封信后，顿觉得好压抑，深深感叹有喜欢无法追求，有梦想不能实现的痛苦和难耐。

她依旧把信纸安好地插回文件夹里，一个人扶着楼梯慢悠悠地又走回接待室，推开窗户眺望着远处蓝天白云下连绵的青山和潺潺的溪水：人生有时会有诸多的无奈，有些孩子是被父母押着来当兵的；有些孩子来到新兵营因无法习惯部队的生活而要求回去的；而有些是一心想留却因种种原因留不下来的，这又是怎样的两种人生愿景的对比。趴在窗台上的杨一婷深深地吸了口气，拿笔在本子上随性写下八个字：志在四方，人在天涯。

在平安夜到来的前一天，杨一婷收到了林鹏从德国寄来的圣诞礼物和信笺，他依然会在贺卡上用德文、英文、中文三种语言祝福杨一婷：圣诞节快乐！不过，这次他在信笺中夹着一张便条，用墨色钢笔写下了一串行书："柏拉图说，我以为小鸟飞不过沧海，是因为小鸟没有飞过沧海的勇气，十年以后我才发现，不是小鸟飞不过去，而是沧海的那一头，早已没有了等待……"看到这里，她顿时明白了林鹏的意思。坐在公园的树林里，清晨的阳光透着浓密树枝倾洒下来，一婷用力搓了搓被北风吹僵了的小脸，脸上泛起了红晕，眼睛湿湿的，是感动？激动？抑或是如释重负？她内心一直非常感谢林鹏，感谢他给自己带来的自信，感谢他一直以来对自己的守候，直到有一天发觉杨一婷找到了自己真正喜欢的人，他又是那样安静的离开。他在她面前展示了一个执着的、有涵养的男人的风度和情怀。杨一婷内心深深地祝福他，祝他一生圆满、幸福！

夜晚的营区冷得让人伸不开手脚，北风"呜——呜——"地刮着。在连队门口值班的士兵已穿上了军大衣和大头鞋来抵御夜间的寒冷。

今天是圣诞节，杨一婷特意从城里赶来陪秦文军过圣诞节，因为这是她俩在一起度过的第一个圣诞节。

接待室里依旧是那么的阴冷，小功率的取暖器开了好一会儿，整个房间才开始温暖起来。没有电视机，只有随身带着手提电脑播放着 SING SONG 的圣诞歌曲，原本这样的环境是很适合杨一婷去写她的小说的。

其实不只是老妈，就连很多同学都无法理解在这么现实和浮躁的社会中，义无反顾的去追寻自己想要追寻的生活，写一些可能这辈子都无法变成铅字的文字，究竟有何意义？可是只有杨一婷自己知道，这里有她的梦想，这里面有她的信仰，因为喜欢，所以坚持。正如她在微博里写得那样：

"你问我为什么那么坚持，因为这一路走来，有太多的人值得让我去回忆；有太多的故事值得我去书写。感谢上苍，让我的人生可以如此的丰满。"

然而在此刻如此浪漫的夜晚，尽管杨一婷想努力写点什么，心却怎么也静不下来。杨一婷开始动手准备晚餐：她把带来的红酒放在盛有热水的盆里预热一下，随后冲了杯奶茶，拿出包好的猪头肉和鸡爪，坐在电脑前看美剧。

"笃笃笃……"门外有人敲门，杨一婷寻思着是秦文军吗？不是说有事忙吗，也没打电话啊？敲门的声音时轻时重，杨一婷应声问道："谁呀？"

"婷姐，是我们啊。"

"等下哦。"好像是连队里的人。她起身打开门，瞬间一股寒流扑面而来。一班班长带着 2 名战士手捧着蛋糕有点怯生的站在门前，满脸冻得通红："婷姐，今天我们班有两个小战士过生日，想请你吃块蛋糕。"

对于这样的突然，杨一婷有些激动："哦，好的，太感谢了，祝你们生日快乐！"

"不客气的，婷姐，那我们过去了！"一班班长边说边准备带着两名小战士转身离开。

"好的，谢谢你们啦。"

两个小兵边走边不约而同地回头喊道："婷姐，Merry Christmas！"一旁的班长假装嗔怒道："快走，别啰嗦了。"一面回头朝杨一婷憨笑。

深冬夜晚的山里真得很冷，杨一婷在风口站了好一会儿，只至他们的背影消失在茫茫的夜色中。两块蛋糕，一句"Merry Christmas"，在这样一个不过平安夜没有一点圣诞气息、严肃又单调的地方，还能有这般境遇？杨一婷的内心不禁涌起了一股暖流。

9 点 30 分熄灯哨吹响之后，整个营区瞬间寂静下来，黑压压的一片。此时秦文军还在学习室加班，而杨一婷依旧在士官公寓楼的房间里等秦文军一起吃夜宵过平安夜。可能是在部队时间待久了的缘故吧，秦文军压根就没有过平安夜和圣诞节的概念和意识。带来的鸡爪吃得只剩下一个了，秦帅哥还没有过来。杨一婷无聊地把玩着手机，"好一朵美丽的茉莉花"的歌曲终于响起，这是她前两天刚调的来电铃声。

"婷，在干嘛？睡了没？"自从恋爱后秦文军就喜欢这么称呼杨一婷。

"当然没有了，人家不在等你过来嘛？"一婷嗔怪道。

"好的，那我待会就过来。"

"是吗，你加完班了？"

"没有啊，比起加班，当然是看你更重要啊。"

"嗝——嗝——嗝——"杨一婷大笑不已："是不是，我有那么重要吗？"

嘴上这么问，心里却是暖暖的。她拿起那杯热了又热的奶茶再次放入钢瓷杯中捂热。

没多久，桌上的手机铃响了一下，房门被敲响了。秦文军果真骑着自行车赶了过来。一进门，穿着军大衣的他就给杨一婷一个深深的拥抱，随后脱下军大衣和手套，弯下腰在加热器旁搓手取暖并时不时回头，对着床沿边吃薯片的杨一婷做鬼脸，尽显年轻小伙的调皮。吃了点东西，陪着看了会电视后，秦文军就准备起身回去了。

杨一婷似乎早有所感："回去还要继续加班吗？"

秦文军挤了挤眼睛："怎么这么聪明，说得对！"

"真是辛苦啊！"

"没办法啊，反正今晚轮到我查哨，怕睡过头等查完哨再睡。"说完他又一把抱住杨一婷，在她的额前轻轻一吻："你等会早点睡，我要回去了。"

杨一婷点了点头："知道了。"

"记得早点睡哦！"秦文军边说边回头把门关上。

随着一声轻轻的扣门声，杨一婷的眼泪一涌而出。这眼泪中没有半点的埋怨和委屈，只是被自己而感动，被自己怀有的这份纯粹的恋军情节和家国情怀所动容。

64

三个月的新训即将结束了，接下来是为期 4 天的新兵野营拉练。这些干部口中的"新兵蛋子"对即将举行的野营拉练跃跃欲试，充满好奇。而对于秦文军和张朝阳这些 80 后年轻的基层主官来说倒是压力不小。他们不知道这群 90 后的孩子身上背着几十斤重的背囊还能不能徒步走下来？这对那些家境优越甚至有些是被爸妈哄着来当兵的独生子来说是一个不小的挑战。

早春时节，天气依旧冷得刺骨。阳光很好，野营拉练如期举行。凌晨五六点钟天还未亮时，新兵连就整装出发了。他们将用 4 天的时间在江浙两省边境穿过。新兵们精神抖擞，背着 20 多斤重的背囊行走在公路、山林里，军旗猎猎，在那首熟悉的《在军旗下》的歌声中，大部队浩浩荡荡地奋力前行。收容车也紧随其后，搭乘那些在拉练中走不动、或是受伤的战士。行军途中他们同时接受爱国主义教育和个人授衔仪式。

晚上大伙在一起就地休息，开篝火晚会和拉歌比赛。尽管带着扩音器和传呼机，4 天下来，秦文军的嗓子还是喊哑了，但让秦文军和张宏亮感到意外和欣慰的是，没有一个小新兵因为走不动而上收容车的，他们哪怕是三两扶持，哪怕是拉、拽、拖，都要鼓足勇气走回来，这让秦文军和张宏亮两人着实体验了一把 90 后小青年们强烈的集体荣誉感和那股倔强劲。

因为山里风大，又冷，皮肤容易干，杨一婷见他们回来后就给秦文军和张宏亮一人带了一支润唇膏，顺便看一看秦文军的脚伤的情况。在电话里听说脚上磨出了好几个大水泡。这也被跟队出去的团机关通讯员抓拍到了，便以《连长的脚》为标题写文上了师部内网。

杨一婷赶到连队时，秦文军正在剪袜子，因为有两个水泡已经破了，粘住了袜子，剪开袜子后还有两个大水泡欲挣破表皮般明晃晃的。只见秦文军让通讯员找来缝被子的大针，用打火机烧了几下下，便用它把脚上的水泡挑破了，在一旁的杨一婷不禁发出"啧、啧、啧"的声音。

挤尽里面的脓汁后，秦文军又拿针线把挤破的水泡给缝了起来，在一旁的杨一婷这时看得是目瞪口呆。完毕后，秦文军又笑嘻嘻地套上袜子，系好鞋带，一脸的轻松。这让杨一婷恍惚不已：身处 21 世纪的她仿佛被拽回到了上个世纪 30 年代二万五千里长征时那个特殊的时期。

65

按规定，新兵拉练完后就要准备下连队了。对于最新颁布的兵役法来说，这也是最后一次新兵在 3 月底 4 月初下连队了。那天又是一个细雨霏霏的天气。清晨，当天边刚露出鱼肚白的时候，号角声就已响起，整个营区又开始忙碌起来。

指导员张宏亮用高亢的声音点了要出列的名单后，满怀情感的说："亲爱的战友们，今天你们中的大部分人即将要离开新兵 1 连，可能在这三个多月的相处中，我们做得还不够好，有些地方做得还很不够，但是我们的出发点是好的，就是想让你们尽快地适应部队，尽早地融入连队的集体生活中来。如有不够关心和照顾不周的地方，还请大家能够多包涵。不管大家以后去向了哪里，都请你们能够发扬新兵连'吃苦耐劳，勇于拼搏'的精神，记住新兵一连，记得在新兵一连生活的日子。希望在以后各自的军旅生涯中，都能活出自我的风采！大家有没有信心？"

"有，有，有……"三个"有"字铿锵有力，那声音一浪高过一浪。战士们在细雨中背着背囊伴着泪水喊出了他们所有的情感和不舍，有的更是泣不成声。张宏亮顺势转身背对他们，只见他的双眼饱含泪水，他不好意思地拿手一抹，嘴里叹息道："哎呀，你们这帮新兵蛋子是整得哪一出啊！"

杨一婷生怕自己的泪水掉下来，即便泪水在眼眶里打转，她还是强忍着，她怕别人说自己太煽情了，但是面对这样的场景，面对这样感性的场面，她又怎能不触景生情……

　　每次想到这个场面，杨一婷的眼眶总会湿湿的，在那样的环境下这些年轻的新兵身上的单一和纯朴时常感染着她。

66

秦文军有一位高中好友，叫郭兴，在杭州读研究生。一直邀请秦文军有时间去杭州玩，而秦文军自从军校下来后就一直很忙。从基层的一名中尉到团机关的一名参谋，再到基层连队做一名主官似乎一直像个陀螺一样转个不停。这次新兵下连后，秦文军终于有时间休假了，带上杨一婷约上特意从贵阳赶来的朱小小和程成一起去了杭州。这也是他们离别后的第一次小聚。

秦文军在杭州的战友已提前在车站门前等候了。小车载着他们一路由杭州汽车站往下沙高校园区奔驰而去。

郭兴和他从合肥医科大赶来的未婚妻周晓，此时已在电子科大门前等待他们的到来。见面后，大伙相互寒暄、问候了一番。三对年轻人，三辆自行车，便热闹地向电子科大的校园内驶去。坐在脚踏车上的杨一婷轻松而自如，处处感受到的是满满的青春气息和学院的味道。

靠近电子科大研究生楼时，秦文军和郭兴把他们安排在了附近的经济型酒店。吃完夜宵后，时间已不早了，三对青年人开始走上楼道。秦文军开始分配房间的钥匙，预订的三个房间都紧靠在一起，楼道正中一间，左、右各一间。朱小小和郭兴的女友很是知趣地各自往左、右房间门口一站等着拿钥匙，毫无疑问，楼道正中一间便属于秦文军和杨一婷的了。杨一婷自是不好意思了。打开门后，朱小小、郭兴等人一窝蜂地把秦文军推了进去，等秦文军坐定后，她们才拉上门各自走回自己的房间。拉上房门时，周晓还特意向坐在床边的秦文军打了个"OK"的手势。

此时，房间里的气氛有些尴尬，在幽幽暖暖的灯光下，杨一婷注视着秦文军，相视而笑后便又转身回坐在电脑旁，只听到几下清脆的点击鼠标的声音，房间里随即响起了唐·麦克莱恩的那首非常温暖和优美的歌曲《Vincent》：Starry Starry night，Paint your palette blue and grey，Look out on a Summers day，With eyes know the darkness in my soul。……

秦文军见杨一婷并不在意自己，便知趣地起身来到她的身旁，双手抚按着杨一婷的双肩，在她乌黑的头发上亲吻了一下，说道："一婷，那我出去了，你记得早点休息。"

杨一婷转身面带笑容地说："好的。"便目送秦文军离开。

拉上门时，秦文军脸上的表情有些尴尬。杨一婷表现得依然非常平静。她压根没有察觉到秦文军此时的表情，或是她察觉到了秦文军此时的表情，只是她压根就不想去感受。因为她有她的原则。

听到关门声，反应最快的是郭兴，他立马开门出去叫住了秦文军，没一会儿，杨一婷的房间又传来了敲门的声音。

此时朱小小几人已站到门口了，见杨一婷的房门一开，郭兴他们又把秦文军推了进来。杨一婷没有防备，双脸涨得通红，郭兴他们的好心和热情这时在杨一婷看来是那么的随便。她有些生气，但又不方便发脾气。因为在内心深处他们对她是那么的理解和包容。朱小小不愧是杨一婷的闺蜜，见杨一婷一直无语，满脸堆笑是那么的不自然，于是立马站起来："这样好了，我和杨一婷一个房间，秦文军和程成一个房间好了。"大家便不再说什么，至此，秦文军和程成便住到了一起。

第二天一早，大伙就忙着起床去西湖游玩了。一路上年轻人的青春和朝气所显无疑。

尽管来得早，西湖租自行车点已经排成了长龙，300元的押金，6个人，共1800元钱，交完押金后秦文军身上就剩200元钱了，引得一旁的郭兴大笑不已。其实，午饭的钱他早就准备好了。

每人领到了一辆自行车。骑在自行车上，是那样的惬意和自由，秦文军、杨一婷、朱小小、程成、郭兴、周晓，来自不同地方的 6 人开始了环西湖自行车游。

骑行在西湖边，感受山水风光，垂柳依依，绿树荫荫，杨一婷不禁感慨："大美西湖！"

天气不错，风和日丽，来西湖游玩的人很多，骑自行车的人亦是不少。骑行途中，杨一婷他们亦会碰到其他的车队：有老年人，也有外国友人，碰面时双方都会不由自主地打招呼，当看到一群插着中国小红旗的老年人车队从身边行过时，程成他们都会喝彩："加油！"苏轼也曾以"欲把西湖比西子，淡妆浓抹总相宜"的山水秀色来点缀杭州。

秦文军和郭兴骑在最前面，杨一婷后来居上，和郭兴最先到达西湖国宾馆。望着十里湖光，骑在自行车上的郭兴不禁豪情万丈："我相信：总有一天，我也会入住西湖国宾馆的。"

杨一婷感到有点不可思议，不禁笑道："为什么非要入住西湖国宾馆呢？入住它很难吗？它对你来说很重要？"

"可以这么说，它是我人生的一个目标，是我前进的一个动力。因为在西湖国宾馆入住过很多国内外政要。这里面有我少时很崇拜的人。"

看着郭兴自信而又充满坚毅的眼神，杨一婷的眼睛里也散发出希望的光芒。不禁感慨："年轻真好！有梦想真好！"

他们在外游玩了一天，晚上赶到学校都已是饥肠辘辘了。在学校的小吃街上吃了一通小吃后，郭兴又买了 6 瓶饮料外加烧烤，便三三两两上楼去了。

大学城里充满了青春的气息。满嘴满眼呼吸的都是自由、清新的空气。

站在房间的窗台上，6 个人显得有些拥挤，但这丝毫不影响他们的兴致。郭兴不禁朗诵道："你可知那句'待我长发及腰'的原句有多美么？待我长发及腰，将军归来可好？醉卧沙场君莫笑，一夜吹彻画角。江南晚来客，红绳结发梢。"念完，郭兴有意回望了一下秦文军，示意让他接上，秦文军摇了摇头，憨憨地笑道："我不知道。"此时一旁的周晓白了一眼郭兴，嘴角微微上扬，自是得意立马接道："待卿长发及腰，我必凯旋回朝。昔日纵马任逍遥，俱是少年英豪。东都霞色好，西湖烟波渺。"此时朱小小他们也在网上搜寻到了此句，不知是哪个有才的网友写的，也随着附和道："应有得胜归来日，与卿共度良宵。盼携手终老，愿与子同袍。"他们年轻而又豪迈的声音在夜空中随着空气的流动而不断飘远……

这就是夏末秋初的杭州：群花的香气，如水的夜色，澄澈的星空。

原本按规定，女朋友来队是不允许在营区住宿的，只允许单独住在附近农家乐饭庄的招待所里，但随着后来 80 后军官的女朋友来得多了，也有被悄悄安排在士官楼住宿的情况发生。士官楼远离营区和家属院，在小树林的尽头，路边栽满了香樟树，小树林的草地上沿边的月季开得很艳。八月金桂飘香时，傍晚走在林间的小道上，异常地安静，让人顿感心旷神怡。

"噔——噔——噔——"有人敲响了办公室的门，操着一口湖南普通话喊道："天亮了，天亮了，出操，出操！"此时趴在桌上的秦文军被惊醒了，揉了揉惺忪的睡眼："噢，靠，我还以为谁呢？领导降临，有何贵干？"原来来人是团机关宣传股股长张连云。

"小秦啊，听说你女朋友是北京人，在大学里参加过演讲比赛？这不，这次家属自办节目，让你女朋友来登个场如何？"

"靠，是不是，听谁说的呀，领导。"

"你们教导员，陈九哥和欧排都这么说。"

"呵呵，领导你就别难为我了，这八字还没一撇呢。"

"咋不行，时代不同了，这两年不都有青年军官的女朋友登台表演嘛。"

"那人家好歹也是专业的吧，她那是半路出家。我怕她拿不出手！"

"哪那么多废话，帮着问问，看看人家愿不愿倒是真的。"秦文军看张股长严肃起来，连忙站起身说："好的，好的，我待会问问。"边说边笑嘻嘻的把张连云送出门口。

这一问还真问的是时候，出乎秦文军的意料，杨一婷居然非常爽快地答应了。反倒是秦文军还真是不好意思起来。杨一婷这边答应是答应了，但多多少少还是有点紧张的，毕竟很久没有登台表演了。感情是有的，只怕激情不够。

晚会当晚，杨一婷穿了条配有镂空金丝花边的红色连衣裙，眼观质感就很好，踩了双铂金色高跟鞋。往秦文军他们小小的警务室里一站，顺势气场强大。要知道我们面前的这位小杨同志平日里几乎是不穿高跟鞋的。

晚饭前，秦文军握着杨一婷的手傻笑道："婷，今晚的演讲紧张不，有没有把握？"

杨一婷笑了笑："你说呢，不紧张那是假的，不过要相信自己，Believe myself！"

秦文军不假思索的问道："是不是？"

杨一婷把玩着从小兵手里拿过来的弹力球，笑而不语。

在连队的接待室简单吃了晚饭后，贡青就开始帮杨一婷盘发和化妆。这次贡青是杨一婷说什么都要带来的人，在修眉画眉上她可是一把好手。

晚会 7 点准时开幕了，坐在后台的杨一婷既紧张又激动，上下牙齿会不自觉地磕碰起来。虽说都是自办的节目，没啥专业性，但第一次面对全团这么多的官兵，也难免会紧张。

这时秦文军来到后台，递给杨一婷一瓶矿泉水，随即把身后一位穿玫瑰红色晚礼服的高个姑娘介绍给杨一婷："婷，这位就是高静。九连指导员的未婚妻，沈阳人，和你提到过。"

对于高静，杨一婷久闻大名，忙搁了半个屁股让高静在自己的身边坐下。按规定秦文军到台下就坐，杨一婷和高静聊开了。

"你就是高静啊，听说你是沈阳音乐学院的高才生！？"

"哈哈，……"高静望着杨一婷大方的笑道："没有啦，都是江湖传说啦，把我说的太好了，其实我是师大音乐系毕业的，现在一所中学当音乐老师。"

"是嘛，美女老师，那可是网上热搜的名词哦！"

"在美女面前哪敢自称美女啊！"两个北方姑娘心照不宣地笑开了……

按节目单的顺序下来，很快就轮到了高静的女生独唱《为了谁》。当旋律响起，"泥巴裹满裤腿，汗水湿透衣背"高静亮开嗓门后，大会堂里随即掌声四起。杨一婷也被高静的声音吸引住了，不禁发出"啧、啧"的赞叹声。这下不免更紧张了。一曲完毕，台下有人吹起了口哨，高呼再来一首。说时迟那时快，只见一个年轻小伙捧着一束百合快速来到台前向其殷勤地献花，原来此人就是九连指导员、高静的未婚夫——张博。这一举动引起台下不小的轰动。喜欢紫色浪漫的杨一婷好生羡慕：低调内敛的秦哥哥是不会想到这么去做的。

接着第七个节目"武警倒功操"上场了，真功夫赢来台下阵阵叫好声。杨一婷已无心观看，她在为下一个节目酝酿感情，做好准备。

当杨一婷站到舞台中央的时候，聚光灯一开，望着台下黑压压的一片，所有的紧张都抛到了脑后，她除了激动还是激动，仿佛此刻她身体里的每一个细胞都充满着浓浓的情感。

当我的秀发拂过你的钢枪

我没有去过大渡河，没有见过二郎山，不知道美丽的林芝还有一条美丽的河流，但我的心却跟着你的脚步走过四川，西藏，新疆，走过了祖国的很多地方。

手机时常会在夜半两三点的时候响起，不论是那大漠飘雪的寒冬腊月，还是那满天晨星下的塞外边关，深夜寒风里都挺立着你们坚毅的身躯，在漫漫长夜，与孤星相伴，与寒风耳语。当黎明划过天际，人们又开始了一天的忙碌，而此刻的你们正和衣而睡，等待下一班站哨时间的到来，只有那些爱你们的人在不同的地方牵挂着你们，伴着你们度过那一个又一个的漫漫长夜。

没有当兵不知道当兵的苦，没有远行不知道远行的累。

山川古道，大漠孤烟，城市朝霞，边关落日。

当那一大片一大片的绿色印入我眼睑时，我就知道此生注定与你们有缘。

那曾经的曾经，过往的过往，那所有用足迹交织成的画面……

哪怕那只是一天的荣誉，在我心中都会是一辈子的记忆。不想忘却那绿融融色彩在我生命里的荡漾，不想忘却那永远都无法忘却的青春激情。

在和平年代里体现的英雄本色和男儿情怀——

当我的秀发拂你的钢枪，拂过你那坚毅的脸庞，

请让我的长发与冉冉的五星红旗一起飘扬，飘扬在每个晨曦，每个日暮，飘扬在每一个有着红太阳升起的地方……

杨一婷张开双臂，在激昂声中结束了朗诵。台下爆出雷鸣般的掌声。只听右手边袁超一声洪亮的口令声："起立。"秦文军所在八连"唰"的都站立起来，鼓掌致敬。杨一婷被这一举动惊呆了，感动得眼泪都快掉出来，她朝台下八连的方向深深地弯下腰去。

晚会结束前，杨一婷和贡青提前来到士官楼居住的房间，刚一打开门，一束鲜艳的大红色玫瑰花就印入了眼睑，它静悄悄地矗立在书桌旁，吐露着它的芬芳尽情地绽放……

68

晚上 9 点半熄灯号吹响后，营区内瞬间寂静下来，漆黑一片。远眺只见好些连队的学习室里还亮着灯。此时的秦文军正带着几个班长在加班，明天又要检查了，后天还要考试。秦文军背了几道题目后，就开始补登学习笔记。在忙碌中时间是过得非常快的，一晃已是晚上 11 点了，这时副连长拿来了几桶方便面，凑到老秦身边："连长吃桶面吧，放松一下。"

副连长是不会这么早去睡的，因为今天轮到他查哨，他怎么也要熬到 12 点查完哨后才去睡。而大操场对面的机关大楼也依旧是灯火通明。久而久之也就形成了一种特色，军校中的有才之人不在少数，有人效仿《舌尖上的中国》编制了这样一段"舌尖上的武警"：

"夜深了，脱下军装，合上电脑，用滚烫的开水为自己泡制一碗热气腾腾地的老坛酸菜面。土鳖武警更偏爱拉上窗帘，在黑暗中享受这独特的美食。这是现代工业给地处偏远但一天辛苦劳作的军人最好的馈赠。虽然吃惯了大锅菜，但他们骨子里仍然充满了对美食的向往，有的只加入四分之一的料包，有的将醋包弃之不用，有的则需金针菇和乌江榨菜提味，点上一支利群，烟抽完，面刚好。淡淡的烟草叶伴着方便面的酸香，他们相信，用这种方式，能够抹平大部分忧伤。热热的老坛酸菜面就着冰冻的脉动或者可乐，再辅以花生、火腿肠等下酒小菜，温度上的大热大冷，成分上的大荤大素，才能激发起从舌尖到味蕾的全部感觉器官，伴着一天的劳累，一包面，一瓶水，一支烟就是最好的馈赠，体验到人与自然和谐相融的乐趣。"

　　翻开 2014 年的日历，杨一婷迈入了 30 又 1 的年龄。面对这样一个女人一生中既美好又尴尬的年龄，杨一婷在是结婚生子还是出国求学中徘徊着……

　　天气转暖，芳草芬菲，北外校门两旁的桃花开得正艳，在北京无论是走在北大的林荫道上还是北外的树林里，都能看到喜鹊在嬉戏，马路边的报亭里随处可见的老酸奶和老冰棍更能突显出这个城市的气息。天气晴朗但时有大风吹过，这就是四月的北京。

　　晌午时分，站在未名湖畔散心的杨一婷收到了秦文军发来的一条信息："婷，有梦想就去追吧，不要让自己的人生留有遗憾。"杨一婷内心激动不已，凭湖远望的她回了秦文军四个字："不忘初心。"于是，去加拿大留学的事情就此提上日程。

　　原本杨一婷是想拿到加拿大安大略省某大学的 offer 之后再把店铺给盘出去，期间正好赶上贡青店铺合约到期，房东一家三口从东北回来定居后不再出租此店铺。当杨一婷知道贡青跑了大半个月也没有找到合适的店铺后，就决定把自家的店铺租给她。

　　杨一婷把"闺蜜小店"里所有的衣物都整理出来，打上了清场转让的字样。看着门前排放整洁的绿萝和经营这么多年的店铺，她的内心充满了矛盾和不舍，突然感到一种忐忑和不安。然而正如朱小小所言："选择了就不要后悔，折腾了就不要放弃。"

在一个可以请假出来的周末，秦文军也来到了杨一婷的身边，帮她打理事务。干活中的秦文军话不多但内心很温暖，他不诗意有点浪漫，但他的浪漫低调而不花哨。他知道自己从农村走出来不容易，也明白自己与杨一婷家庭背景、地域的落差。他对杨一婷的喜爱炙热但不强求，他默默地守护，安然地等候。

在杨一婷回北京时，秦文军送给杨一婷一个可以插手机的粉色小猪绒毛玩具，坐在飞机上的杨一婷打开礼物，粉色小猪背上插了一张卡片，背面摘录了沈从文先生的那句话："我行过很多地方的桥，看过许多次数的云，喝过许多种类的酒，却只爱过一个正当最好年龄的人。"

望着机舱外的云层从自己的身边穿梭而过，那蔚蓝蔚蓝的天，那洁白洁白的云，泪水还是无声地润湿了她的双眼。杨一婷定神而思，以至美丽的空姐来到她的身边问是需要咖啡还是矿泉水时，她都没来得及拭去脸上的泪水。当杨一婷泪眼婆娑，一脸惘然地望着空姐时，这位空姐却回报了杨一婷一个至今都让她无法望怀的甜美的微笑。

杨一婷要走了，这次真的要离开了。她打点好了行李，坐在窗边，看着窗外沐浴在夕阳温柔目光下流逝的风景，听着车厢里播放着曲婉婷的《我的歌声里》，觉得世界好安静，好幸福。

两个星期后的一个早晨，带着发卡、长发披肩的杨一婷娴静地坐在大学的课堂上，在加拿大开启了自己的留学生涯。学校所在城市位于加拿大的东部。城市虽然不大，但气候温和，环境幽静，是世界著名的旅游胜地，也是学习的好地方。知道杨一婷到达加拿大后，方华和林鹏都在第一时间发来了"慰问信"。方华在电话里嚷嚷着要攒钱，攒足了钱等到假期来加拿大看望一婷并顺便过来旅旅游，感受感受安大略湖畔的静谧和尼亚加拉瀑布的壮美。而在加拿大的杨一婷课业之余依旧保持着和秦文军的联络。

当秋天的落叶越发枯黄的时候，也就意味着冬天的来临。

转眼间入冬已有一个多月了，此时的杨一婷坐在加拿大的一座学生公寓的房间里。外面大雪皑皑，夜幕下落地玻璃的台桌上冲好的咖啡还在冒着热气，壁炉里的柴火在噼里啪啦地作响，火苗在壁炉里乱窜。室友们正在为即将到来的圣诞节忙活着。杨一婷则安静地窝在沙发里看书写字。

很快，没过多久，在一个叫阡陌的新加坡女孩合租的公寓楼里，杨一婷在加拿大迎来了第一个圣诞节。较之国内的圣诞节，这里的气氛要浓郁和地道的多：圣诞树、贺卡、彩灯、圣诞靴、小红帽，现烤的面包和蛋糕。壁炉里燃着很旺的火，阡陌把房间装扮得很漂亮。杨一婷依旧在伏案写她的小说。她们不让她帮忙，因为阡陌说她要成为杨一婷手稿完成后的第一个读者。

这是加拿大最美的季节。林鹏走后，杨一婷套着一件印有海星花纹不加扣的灰色羊绒开衫，穿着平底靴，走在铺满枫叶的林荫道上。鹏子开阔的眼界注定了他内心的成熟，对于未来他有着他的那份执着和等待；而在意大利的方华依旧在佛罗伦萨遥望着柏林的鹏子……每个人的内心都有某个人的存在，似乎对他们来说什么时候结婚与年龄没啥关系，有人爱、能被爱就是一种幸福。她们在以自己的方式和梦想诠释着自己想要的青春和人生：不管它是青涩还是稚嫩；苦涩还是波折；平淡抑或激情。这其中当然还有远在国内内蒙古朱日和基地参训的秦文军和他的战友们。他们中的每个人都在经历和感受着这一过程。正如杨一婷此刻只想安静而又平和地享受她在加拿大的留学生涯一样。他们都在选择和努力追寻自己想要的人生。

户外秋风微起，吹来丝丝凉意，落叶随风轻起轻落，飘飘悬悬，最终直至落下、铺开，层层叠叠。沿着林荫道往公寓楼走去的杨一婷已渐行渐远，伴着《布列瑟侬》优美的旋律，杨一婷独行的背影慢慢的融合在这至美的景色中……

正如莱蒙托夫诗里所写："我深深地被你吸引，并不是因为我爱你，而是为我那渐渐逝去的青春。"……